神子は騎士様の愛が一途で困ります

ナツ之えだまめ

幻冬舎ルチル文庫

CONTENTS

✦目次✦

神子は騎士様の愛が一途で困ります

✦イラスト・鈴倉 温

✦カバーデザイン＝久保宏夏（omochi design）
✦ブックデザイン＝まるか工房

神子は騎士様の愛が一途で困ります

「神子《みこ》殿。ふれることをお許し下さい」

指が頭上の布の合わせめに見えた。その指が、布をゆっくりとめくっていく。うやうやしいと形容したいほどに、慎重に、布をほどいていく。やがて、顔が見えた。

白銀の髪に青い目。白い甲冑《かっちゅう》には、髪に合わせたかのような銀の模様が刻まれている。背には柄《つか》に赤い模様の入った大剣を帯びていた。どうやら騎士らしい。

その人は、一瞬、驚いたようだったが、次には、微笑《ほほえ》んだ。

――なんつう、かっこいい、人。

末永《すえなが》は思わず、つぶやいていた。

「すごい……SSR……」

これが、救世の神子である自分と、SSR騎士リーンハルトとの出会い。

■プロローグは秋葉原《あきはばら》の交差点で

車のディーラーショップにクリスマスツリーが飾られているのが見える。ぴかぴか光るボール、紅白に彩られた小さなステッキ、雪を模した綿、天使に電飾にベルにヒイラギ、そして、ツリーの上には星が飾られている。

「そっか。もう、クリスマスなんだ……」

末永裕彰《ひろあき》は、そうつぶやく。

大通りの街灯にも、にぎやかな赤と緑と金の飾りに「メリークリスマス」の文字が躍る。

「メリーじゃないよ……」

とても、そんな陽気な気持ちにはなれない。

こんなバッドなクリスマスは初めてだよ。


その日の昼間、末永は自分が勤めるゲームメーカーの会議において、担当している配信ゲーム「アスガルド戦記」の配信実績を報告した。

末永は三十二歳。長くプログラマーとして実績を積み上げてきて、ようやくチーフとして、このゲームを担当することができた。

在宅ワークが多く、いつもはラフな姿の末永だが、さすがに今日はスーツを着ている。

「えー、こちらが配信実績になります」

魅力あるキャラクター、よく動く美しいグラフィック、世界観を共有したシナリオ。テレビCMも打って、このゲームには、会社も力を入れてきた。

だが、この会議において今表示されているグラフは、当初の目的である青いラインを大幅に割っている。

会議全体が渋い雰囲気で満ちていた。

社長が、「うーん……」となる。末永は次に来る言葉を予測して身体《からだ》を小さくした。

「初期配信のダウンロード数がこれじゃあねえ」

「でも、あの。これは、『リアル・リリカル・モンスター・トリプル』とかぶってしまったからであって、評判はいいんです」

「リアル・リリカル・モンスター」とは、通称、リアモン。「アスガルド戦記」と同じジャンルであるRPG型ゲームだ。シリーズは「トリプル」で三作目となり、根強いファンがいる。それの配信日が、「アスガルド戦記」と重なったのは、最悪のタイミングだった。

「実際に、『アスガルド戦記』のダウンロード数は増えてきています」

そう言って、グラフをクリックして拡大する。ふつうは、この手のゲームは初速が最高で、あとは次第に落ちていくものだ。だが、「アスガルド戦記」は違っていた。配信から二週目なのに、ダウンロード数が増えているし、コンテンツの課金もアップしつつある。

「そうは言ってもねえ、スタートダッシュができなかったのは、事実だからねえ。アップデートも追加シナリオも、金があってのことだから」

社長の言葉がつらい。なにも言えないでいるうちに、社長は続けた。

「うん、わかった。ありがとう」

彼は手をさっと振る。スワイプして、画面を消すみたいに。

「さ、次の議題に行こう」

末永が自席に戻ると、上司が慰めるように肩を叩いてくれた。末永は悟っていた。社長の言葉は、言外にこのゲームの開発終了を示唆《しさ》していた。それが思いすごしでない証拠に、会議に出席している人たちの視線が、なかば同情、なかば嘲笑《ちょうしょう》を忍ばせている。

配信の打ち切りは、決まったも同然だった。

もう何もする気が起きず、定時になると速攻、退社してきたのだ。

「ハア……」

末永は、交差点でスマホを取り出すと、「アスガルド戦記」を立ち上げた。開発用アカウントではなく、一般ユーザーとして作ったアカウントだ。

「アスガルド戦記」には、男性ユーザーを惹《ひ》きつけるように、露出多めの可愛い女性キャラがたくさんいるのだが、末永のお気に入りは、硬派な竜騎士、レイモンドだった。

——うう、かっこいい！

彼のプロフィールグラフィックは、何度見ても胸が躍る。あきることがない。

初めてグラフィックが上がってきたときには、その場で釘《くぎ》付けになった。息もできないほどだった。

黒い甲冑に、赤い髪。立ち姿も凛々《りり》しく、彼だけが騎乗できる竜の相棒がいる。声もいい。レイモンドにぴったりの渋くて、ほんの少し甘さがある声なのだ。人気声優さんの渾身《こんしん》の演技が光っている。

——ああ、レイモンド、かあっこいいいい！

自分の、ゲーマーとしての萌え心が満開になる。

どうして、レイモンドだけが竜と心を通わせることができるのか。それには秘密がある。

それは今後のシナリオエピソードで解明されるはずだった。

アスガルドを旅して、竜騎士の名に恥じない活躍をしてもらうはずだったのに。

——初期配信のダウンロード数がこれじゃあねえ。

社長の言葉がずきずきと杭のように刺さってくる。

今の時代、ゲームは次から次に出る。

配信開始時にユーザーを獲得できなかったら、株と同じで「損切り」されてしまう。

ゲームを続けていくには、シナリオライター、イラストレーター、プログラマー、グラフィックデザイナー、デバッガー、広報と、多くの人手がいる。それには金がかかる。ゲームを提供するための大型コンピュータ、すなわちサーバーだとて、無料《ただ》ではない。わかっている。頭では、理解している。

だが、心が。今まで、このコンテンツに熱中して開発してきた時間が、こんな冒険をさせたいと語ってきた情熱が、スタッフと培ってきた信頼が……――それらが、逆に末永を苦しめるのだ。

「うう……」

開発中止をみなに告げねばならない。

「もう、続けられないんだ……――」

自分はどうしたら、レイモンドを活躍させることができたんだろう。考えてもしかたないのに、思いはぐるぐると袋小路を巡ってしまう。

魅力的なゲームだ。やれば、多数の固定ファンがついたはずだ。事実、最初の予習《チュートリアル》を終えたユーザーが課金する確率は抜群に高かったのに。

――辻《つじ》くんの一件がなければなあ。

あのせいで、納期が大幅に遅れた。その結果、ビッグタイトルと配信時期が重なってしまった。それは、致命的に痛かった。

ゲームで一番食うのは、金ではない。時間だ。

その、ユーザーの貴重な時間を、ビッグタイトルに取られてしまい、こちらに委《ゆだ》ねてもらえなかった。

——やってくれさえすれば、面白さがわかってもらえたのに。

だが、それではだめなのだ。自分は、この勝負に負けたのだ。

社長が直前に替わったのも、痛かった。前の社長なら、三ヶ月は様子を見てくれただろうに。

だが、それらはすべて、言い訳に過ぎない。

全部、全部、言い訳だ。

誰もが口を挟めないほどの、配信ダウンロード数があればよかったのだ。そうしたら、この竜騎士レイモンド、自分の推しSSRキャラを、活躍させることができたのに。

涙で前が霞《かす》む。

周囲に泣きそうなのを悟られないように、瞬《まばた》きして歩き出した。今日はとっとと帰ろう。そして、何も考えずに、お風呂に入って寝よう。

歩道で末永ははたと気がつく。

「ここ、どこだろう?」

見知った道から外れている。

「いけない。また、やってしまった」

末永は、まっすぐな道を歩いていたはずなのに、なぜか戻れなくなる性質を持っている。いわゆる、「方向音痴」なのである。

母親と行ったスーパーマーケットで迷い、遊びに行った遊園地で迷い、通学路でさえ一人で登下校すれば迷った。

おとなになってからは、さすがに回数は減ったものの、考えごとをしていると今でも少々あやしくなる。

それにしても。

「通勤経路で迷うとか、ありか」

最近は在宅ワークが多かったとはいえ、通い慣れた道だというのに、とんだ失態だ。それほどに「アスガルド戦記」の配信終了がショックだったのだろう。

末永は、とりあえず、駅を目指すことにした。

「あっちかな」

歩行者用信号は点滅している。末永は急いで横断歩道を渡り始める。ふいに、まぶしいヘッドライトに照らされた。身がすくんで、その場で末永は立ち止まる。

ヘッドライトの向こうには、巨大な獣のようなトラック。

末永の姿が逆光になった。

——あ、これ、死ぬな。

恐怖が入る隙はなかった。反射的に、この大きな鉄の怪獣には、百パーセントかなわないのだと悟った。要は、あきらめたのだ。

——ああ、神様。

心に浮かんだのは、ただ一つ。

——できるなら、ファンタジー世界で、レイモンドが活躍するところが見たかったです。

そして、そのまま意識は暗転した。

「ふん、ふん、なるほどね」

声がした。

暗闇の中に、ちっちゃなおじいさんがいる。ぼうっと姿が浮かんでいる。

背の高さは、くまちゃん人形ぐらいだ。つるんとしたはげ頭に、白い長いひげ。ペロペロキャンディみたいな大きさのものを持って、くるくる回している。「ふんふ、ふんふん」と鼻歌を口ずさみつつ、踊っている。なんとも、楽しそうだ。

手にしているのはどうやら、糸巻きらしい。そこから色とりどりの糸が流れ出て、四方八方に散っていく。

通常なら驚くところだろうが、そのおじいさんはあまりにも当然のようなたたずまいで、そこにいたので、むしろ、末永は思ってしまった。

――俺、でかくない？

そのおじいさんは、にこにこしている。

「うん、じゃあ、特別にお願いを聞いてあげるね」

いかにも「いいことを考えついた」というように、善意に満ちた表情で言われたので、つい、事情がまったくわからないのに末永は「ありがとう……？」と口にしていた。

――いや、「ありがとう」じゃないだろう。だいたい、俺、この人のこと、知らないよな。うん、知らない。どこかで知ってたっけ？　こんな個性的な人、忘れるわけがないと思うんだけど。

おじいさんは、ひどく悲しげな表情になった。

「えー、ひどいよ、末永くん。わしのこと、呼んでくれたじゃない？　あれは、ナイス祈りだったよお」

――このおじいさんのことを、呼んだ？

トラック。無念。最後の祈り。

――そういえば、「神様」って言ったような。

「え、うそ。ほんとに神様？」

おじいさんは、喜色満面になった。

つまり、この神様というのは閻魔《えんま》様みたいなもので、ここは三途《さんず》の川というわけなんだろうか。

「いやいやいや」

神様は、とんでもないというように、手を振った。

「ここは狭間《はざま》。あらゆる世界と接していて、なんでもあって、なんにもないところだよお」

なんでもあって、なんにもない。

禅問答？

「そして、祈りを聞くところでもあるんだよ。きみはゲームの騎士を活躍させたいんだったね」

「はい！」

おおお。神様もゲームの概念をご存じとは、と末永は嬉しくなる。

「ふむむむ」

神様は、片方の手でひげをしごいた。

「まるっきり同じってわけにもいかないけど、だいたい近いよ。先方のオーダーにも、なんとなく近いしね」

「なんとなく……？」

なんとなくってなんだ。不安しかないんですが。

だが、神様は片目をつぶった。ウインクのつもりらしい。

「いけるいける！　……――と、思うよ。向こうの願いとこっちの願い。いい感じに嚙《か》み合っているから、ノープロブレムだよお。さ、準備はいいね。きみはこれから、転生します」

「転、生……？」

ちょっと待って、まったく準備が整ってない。聞きたいことが山ほどある。

今までやっていた仕事はどうなるのか。

転生先はどんなところか。

オーダーってなんなのか。

もろもろだ。

「それと、最後に言っておくね」

そう言われて末永は、耳を澄ませた。もしや、ありがたい、神様からの啓示をいただけるのではないだろうか。ゲームで、「西の洞窟でオークを討伐せよ」とか指示をもらえるのと同様に。

末永は、神様からのお言葉に耳を澄ます。

「歩きスマホはだめだよおー……」

それかい！

そして、末永は狭間から別な世界へと転生した。

■01　そして、転生しました

白い世界だった。手足が自由にならない。

——雲の上の世界？　天国？

そういえば、歌が聞こえる。詠唱といったほうが近いかもしれない。間断なく、抑揚なく、とぎれることなく、響いてくる。

末永は両手を動かしてみる。ばふばふと頭上が波打つ。

そこでようやく末永は、自分が白い布にすっぽりとくるまれているのに気がついた。布は、やたらと手ざわりがいい。どうやら、ごく上等な絹のようだった。布をたぐりよせて、その下から出ようともがくのだが、いっこうに端が来ない。

「はあ、はあ」

末永は動きを止めた。最近、仕事にかかりきりだったから。もとより運動習慣がないのに、まったく外に出ていなかった。運動不足、ここに極まれりだ。

「よいしょ、よいしょ」

必死にもがくのだが、どうにも、出られない。

そのときに、声がかけられる。

「失礼いたします、神子殿」

異国の言葉のはずなのに、意味がわかるのが不思議だった。

それにしても、やたら、低音のすてきボイスだ。ゲームキャラの声に抜擢したいくらいに。

――ん？　神子殿？　それって、俺のこと？

「神子殿。ふれることをお許し下さい」

指が頭上の布の合わせめに見えた。その指が、布をゆっくりとめくっていく。うやうやしいと形容したいほどに、慎重に、布をほどいていく。やがて、顔が見えた。

白銀の髪に青い目。白い甲冑には、髪に合わせたかのような銀の模様が刻まれている。背には柄《つか》に赤い模様の入った大剣を帯びていた。どうやら騎士らしい。

その人は、一瞬、驚いたようだったが、次には、微笑んだ。

――なんつう、かっこいい、人。

末永は思わず、つぶやいていた。

「すごい……ＳＳＲ……」

これ、ガチャだったら、とびきりのレアだよね。後光が差しそう。

座ったままだったが、ようやく顔が出た。末永はようやく、周囲を見回すことができた。

石造りの祭壇の上に、自分はいる。高い丸天井。列柱の隙間から青空が見える。

数人の要人らしき者たちがいて、その背後では、おおぜいの白い服の神官っぽい人たちが詠唱している。

末永は、目をぱちくりさせる。

ゲーム？　ゲームの世界？

騎士が一礼して引き下がった。かわりに前に進み出たのは、寒くもないのに毛皮の襟《えり》飾りつきのマントをまとい、頭上に冠を載せた老人だった。彼は、末永に向かって頭《こうべ》を垂れた。

末永は王冠が落ちないか心配になる。

「救世の神子よ。ご降臨たまわりまして、光栄にございます。私は国王アマデオ」

まるで、体感型ゲームだ。これが現実とは思えない。

「救世の、神子……？」

神様。こんなに仰々《ぎょうぎょう》しく、転生先でデビューさせるなんて、聞いてませんけど？

いったい、なにごと？

「こちらが、あなたを呼んだ、神官長であるセラフィナ」

「神官長のセラフィナでございます、神子様」

細くて高い声がした。

――こ、子ども？

お人形さんみたいに愛らしい少女だった。日本で言えば小学校高学年くらい。薄桃色の髪に赤い瞳。白い衣《ころも》をまとって杖《つえ》を手にしている。

いやいやいや。

こんな子どもが神官長だなんて。いくらなんでも、人材が不足しすぎているでしょう。

立ち上がろうとするのだが、布が肩から落ちそうになる。

そこで末永は気がついた。

――俺、服、着てない！

幼女の前で全裸をさらすなんて、恥ずかしいなんてレベルじゃない。それを通り越して、犯罪だよ！

末永は必死に布を引き寄せる。騎士が前に進み出ると、さりげなく布を引き上げてくれ、立ち上がるのを助けてくれた。

「す、すみません。ありがとうございます」

「いいえ。お役に立てて幸いです。神子殿」

なんだか違和感がある。この少女以外、やたらと周囲の人の背が高い。というか、自分の身長が低い。布をかけた肩もなんだか細い気がする。

――痩せた？　縮んだ？

そんな末永のあせりには頓着《とんちゃく》せず、国王はこう言った。

「わがカーテルモント聖王国をお助け下さいませ。救世の神子殿。この、混沌《こんとん》の泉の修復を」

国王に言われてその指がさす方向、背後を見る。

——泉？

末永は首をかしげる。水が見えない。大きな噴水のように、白い石に囲まれて丸くつくられている。二十五メートルプールがそのまま入りそうな大きさだ。中を覗《のぞ》き込むと、プリズムのように複雑な色に輝いている。上面はドーム型のガラスで覆われているのだが、そこにはかすかにヒビが入っていた。

隙間から、プリズムが漏れている。

——これを修復？

いきなり、なにを言うのだろう？

末永はびびった。

ガラス細工はもちろん、日曜大工さえしたことがない。そんな自分に、この修復ができるとは思えない。もしかして、神様が特殊技能《ギフト》をくれたのかと考えたのだが、やっぱりなにもわからない。

末永は正直に告白した。

「無理です」

「無理、とは？」

国王陛下が、面食らったように見えた。

「だって、俺、ガラス職人じゃないですから」

逆に、聞きたい。

一介のプログラマーである自分になにをどうせよというのか。

どんな期待をしていたのか。

――これって、もしかして、神様のミスマッチじゃないかな。

そんな予感に、背筋が寒くなる。セラフィナの笑顔がひきつっていた。幼いながら、なんとか愛想笑いをしようとしている。ごめん、すごい罪悪感だよ。

「神子様は、ご冗談がうまくていらっしゃるのですね。糸と縁《えにし》の神のお導きがあったのですもの。さ、こちらにお手を」

セラフィナに腕を取られ、ドーム型の覆いに片手を押し当てられた。

「あ！」

思わず声を出してしまう。というのも、その覆いは予想に反して、ほんのりと温かかったのだ。しかし、周囲の期待をはらんだどよめきを感じたので、慌てて付け足した。

「思ったより、冷たくないんですね」

あたりは静まった。静まりすぎた。セラフィナがおずおずと確認してきた。

「神子様には見えないのですか。術法が」

「術法ってどんなふうに見えるんですか」

「その者が才を持っていれば、魔力を魔法に転化する式が浮かんで見えるはずです」

しみじみと見る。透明な覆い。その上に置かれた自分の手。セラフィナの顔。国王陛下。神官たちのまなざし。

「わかんないです」

正直に答えると、みな、明らかに失望を見せている。

さきほどの騎士だけが、末永を案じるような表情をしていた。

セラフィナが、確かめるように訊《たず》ねてくる。

「神子様は魔法術師でいらっしゃるのですよね」

「うん」と言いたいところだが、残念ながら。

「生まれてからこの方、一度も魔法を使ったことはないです」

ゲームの中ではさんざん使わせたけど。

周囲がまたもや騒然とし始める。セラフィナは、手のひらで彼らを押しとどめた。小さくても、神官長。威厳がある。彼女は、己が持っていた杖を末永に渡してきた。

「これではいかがでしょう？」

これは、樫《かし》の杖だろうか。

「硬いです。術法とやらは、わかりません」

自分の返答に、王様も神官も、みんなが肩を落としている。

「はずれ……はずれ神子……無為の神子……」

そんな声さえ聞こえてくる。

なんとも、いたたまれない。

――つい最近、こんなことがあったなあ。

ああ、そうだ。「アスガルド戦記」の配信実績を発表したときだ。会議での、あの雰囲気にそっくりだよ。

――俺、こっちでも、みんなをいきなり、がっかりさせてるんだな。

いや、俺だって、言いたいよ。「世界を救いに来ました。俺が来たからには安心してください」って。でも、そんな無責任なこと、言えないじゃないか。

泉の修繕もできない。術法とやらも見えない。

――俺は、ガチャでいえば、なるほど「はずれ」なのかも。

失望のざわめきに堪《た》えかねていると、さきほどのSSR騎士が、前に進み出た。彼だけは、穏やかでにこやかだ。

彼の顔を見ていると、その端正さも相まって、心が落ちついてくる。彼は言った。

「国王陛下、セラフィナ様。僭越《せんえつ》ながら。神子殿は、お疲れと存じます。ここは、お休みいただいたほうがよろしいかと」

国王陛下が、我に返ったようにうなずいた。

「そ、そうだな。リーンハルト。神子殿を部屋までお連れするがいい」

騎士は、背中の大剣を鞘《さや》ごと従者たちに預けた。彼はひざまずく。

「今後、責任を持って神子殿の警護をさせていただきます、騎士団筆頭、リーンハルトと申します。神子殿。どうか、お見知りおきを」

うおおお。こんなことが現実にあるのだろうか。騎士。しかも、激レアものの騎士にひざまずかれている。

ゲームの主人公になった気持ちだ。

「はい。こちらこそ、どうぞ、よろしくお願いします」

頭を下げた拍子に、身に纏《まと》っている布につまずいて、倒れそうになった。そこを、素早くリーンハルトに抱きとめられる。

「おっと」

「す、すみません」

急いで離れようとしたのだが、「失礼します」と言われて、そのまま、リーンハルトに抱き上げられる。

「ひ、ひえ？」

おかしな声が出てしまったが、暴れなかったのはかなりの高さがあったからだ。ここから、落ちたら恐《こわ》い。逆に、リーンハルトにしがみつく。

リーンハルトは、やたらといい匂《にお》いがしていた。バラみたいな、そこにちょっとだけムスクが混じったみたいな。でも、決して嫌みじゃない。重厚な、おとなの香りだ。

しかし、これは。いい歳《とし》してお姫様だっこなんて、なんと恥ずかしい。リーンハルトはまったく気にしていないようだが、自分がいたたまれない。

そのまま、彼は歩きだした。

「リーンハルト様。ぼく、歩けますので」

そう言い張るのだが、リーンハルトは笑っていなしてきた。

「神子殿はそのように、細く、か弱くていらっしゃるのですから、体調を慮《おもんぱか》るべきです。まずは、ゆっくりおくつろぎ下さい。話はそれからにいたしましょう」

そんな。細くもか弱くもないよ？　俺、おっさんだよ？　そう言いたい。

渡り廊下を運ばれている最中に、そっとリーンハルトの顔にさわってみる。うわ、あったかい。人肌のぬくみになんだか安心する。

――ここ、現実なんだよね？

ファンタジー要素満載だけど。そうなんだよね？

リーンハルトがそんないたずらをした末永のほうを見ると、ふっと笑った。

「神子殿。私の顔が珍しいですか」

――ええ、珍しいです。こんな、超レアハンサム。

そう答えたいが、末永の胸は急に高鳴り始めてしまった。どきどきしている。なので、身をすくめてこう言っただけだった。

「すすす、すみません」

「謝る必要など、ひとつもございませんよ。お好きなだけ、さわってください」

「そういうわけには……」

渡り廊下の列柱の隙間から、白く大きな獣が飛んでいるのが見えた。

「あ……」

ふかふかしてやや長くて悠然としている。竜をもっと哺乳類《ほにゅうるい》っぽくして、毛をふさふさにしたら、こんな感じじゃないだろうか。小さめの前足と後ろ足がついているのだが、翼は見当たらない。

どうやって飛んでいるのだろう。

見つめていると、リーンハルトが教えてくれた。

「あれは、ファランです」

「ふぁらん?」

「この国の守護獣です。ファランが舞うところに国を興《おこ》せと神より啓示があったと伝えられています。そして、『ファラン歌うとき、国は始まり、国は終わる』とも」

何頭かのファランが、風に吹かれるように浮かんでいた。ファランは青空に輝くかのようだった。

「こちら、混沌の泉がございます聖殿《せいでん》は高所に位置しております。これから神子は転移陣《てんいじん》でカーテルモントの王城内に移動します。王城はこの混沌の泉を支える聖大樹《せいたいじゅ》の幹を取り囲むようにしてあり、北は神殿、南は王宮、東は公府、そして西には今から神子殿が参られます我が騎士団寮がございます」

そう言って、渡り廊下の端まで来ると、なにもないところにプリズムの色を纏った円形の陣が浮かんでいた。そこに向かってリーンハルトは歩を進める。

「ふ、ひえー！」

思わず情けない声をあげると、リーンハルトにさらに強く抱きつく。

――足の下、下！

この聖殿の転移陣は、天空高くにあった。足の下にはなにもない。ただ、空間が広がっているだけなのだ。

「神子殿。しっかりつかまっていてください。初めて転移するときには、多少ふらつく場合がございます」

リーンハルトは、ぐっと抱きかかえ直してくれた。なんとも、頼もしい。

プリズムが輝きだす。自分たちの身体も、きらきらと輝きはじめ、溶けて再構築された。

気がつくと、石の床の上にいた。転移陣はプリズムの輝きを発していたが、ゆっくりと色を落としていく。

「はあ……」

なるほど。車酔いのように、少しだけ頭がクラクラする。

甲冑姿の騎士たちがリーンハルトに向かって剣を斜めに構えて礼をした。リーンハルトは彼らに命じた。

「神子殿が通られる。先導せよ」

「はっ！」

転移陣のあった広間から、王城の廊下へとリーンハルトは出た。

■02　神子の私室

末永は、リーンハルトに抱き上げられたまま、城内を移動することになる。

先導の騎士たちが剣を捧げて道を先導する。

王城の壁は薄い青だ。めまいがしそうになっているのは、高い天井のせいや転移酔いのせいばかりではないだろう。リーンハルトが通りかかると、侍女も召使いも騎士たちも、頭を下げている。

——なんか、こういうの、見たことがあるような。

大名行列？

もしくは、大病院の部長回診？

もはや末永は下におろしてくれという望みは捨てて、リーンハルトの腕におとなしく抱かれて運ばれていた。

——早くついてー！

大きな両扉の前で、リーンハルトが止まった。騎士たちがその扉をあけてくれ、リーンハルトが末永を腕に抱いたまま、中に進む。

そこで、ようやく末永は床におろされた。

高い天井にはシャンデリアが花のように釣り下げられ、片隅にはソファがあり、書棚と机が大きな窓を背にしてしつらえられていた。床は大理石のような石でできていたが、金で模様がつけられている。

リーンハルトはその床に片膝を突いた。

「手狭で申し訳ありません。こちらが神子殿のお部屋になります」

「手狭？」

むしろ、広い。広すぎる。

西洋の王子様の部屋かな？

東京で住んでいた１ＬＤＫの部屋が何個入るんだろう。

「こちらは執務室兼応接間となっております」

「はい？」

「ほかのお部屋を案内しても？」

「ほかの、お部屋？」

まだ、部屋があるんでしょうか。掃除するだけで、一日かかりそうな気がします。

「……お願いします」

リーンハルトは立ち上がった。

入ってきたのではない扉から、隣室へと末永を案内する。大理石のテーブルがあり、片隅には食器棚と衣装簞笥《だんす》があった。

「こちらが、神子の私室となります。なにか入り用なものがございましたら、おっしゃってください。できうる限り、手配いたします」

「は、はあ……」

「さらにこちらは、バスルームと寝室がございます」

なんたる。空間の。無駄遣い。

「私の部屋は隣室となります。廊下とバルコニー、寝室からも繋《つな》がっております。騎士団長の職務上、外出していることもございますが、それ以外はこちらに控えておりますので、なんなりとお申し付け下さい」

侍女三人が前に進み出た。そのうちの一人が頭を下げて告げる。

「神子様。湯浴《ゆあ》みの用意が調っております」

「湯浴み……お風呂……！」

特に汚れたという感覚もなかったが、お風呂に入れるのは嬉《うれ》しい。一人でゆっくり、のんびりして、この疲弊した頭を癒やしたい。

「ありがとうございます。バスルームはこっちでしたっけ」

中に入っていくと、外の光が入り、明るい。白で統一されていて、まぶしいほどだった。嬉しいことに、大きめのバスタブが設置されていた。湯が張られていて、薄桃色の花びらが散らされている。ほんのりとリンゴに似た芳香が漂っていた。

——よかったー、バスタブがある。お湯に浸かれる！

海外出張した同僚が「バスタブがなくて、大きなビニール袋を買ってきて、そこにお湯を入れてちゃぷちゃぷしていた」なんて言っていて、それはいやだなあと思っていたのだ。

バスルーム内にはタオルや着替えもあった。

「やったあ！」

早速入ろうとしたのだが、なぜだか、侍女たちがこちらに近寄ってくる。末永は言った。

「もう、大丈夫ですよ。わからないことがあったら、呼びます、から……」

語尾が揺れてしまったのは、侍女たちがよってたかって末永が身体にまとっている布を取り去ろうとしたからだ。

——嘘でしょー？

「なにするんですか。やめてください！」

そうはさせまいと、末永は精一杯の抵抗をする。しかし、女性としてはやや大柄な彼女たちに力でかなうはずもなく、引っぺがされそうになる。末永は腰回りだけは死守して必死の形相でバスルームから出た。扉の前では、案の定、リーンハルトが警備のために立っていた。

彼は鎧《よろい》を脱いでいた。騎士団の制服と思われる紺の詰め襟姿になっている。その背には、くるりと丸くファランの意匠が刺繍《ししゅう》されていた。腰に片手剣を帯びている。

——凜々しい！

じゃない。

「リーンハルト様、脱がされちゃいます！」

リーンハルトは、「それのどこが問題ですか？」というような、虚を突かれた様子を見せた。

「神子殿。侍女は貴人の扱いに慣れております。お気を遣われますな」

リーンハルトはこの世界の人間だった。自分とは常識が違う。

「俺は、お気を遣います！」

思わず、自分のことを前の世界風に「俺」と言ってしまった。そのくらい、あせっていた。

彼女の一人もいなかったから、年頃になってから、異性に肌をさらしたことなんて、ない。

情けないことに涙目になっている。

自分たちの仕事が不手際だと思われてはかなわないとばかりに、侍女たちは三人三様に「さあ、神子様。お戻りください」「よい湯加減でございますよ」「恥ずかしかったら、湯に浸かっていらっしゃる間は、背を向けておりますゆえ」と引き戻しにかかっている。

「一人で入れます！　入れますから！」

末永は「お願いです、なんとかしてください」と、リーンハルトの制服に渾身《こんしん》の力でしがみつく。

リーンハルトは目をぱちくりとさせていたが、手を上げて侍女たちを制してくれた。

「神子殿の命《めい》である。手を離すように」

ようやく侍女たちは、末永から離れてくれた。末永は布を肩まで上げる。

「ふ、ふえー」

リーンハルトが侍女の代わりにバスルームに入り、説明をしてくれた。

「このように飾りに手をかざせば、湯が出ます。公用語で指示をすれば、湯量や熱さの調節も可能です。もう一つのこちらはサボンが出ます」

リーンハルトに、教えてもらう。末永はこくこくとうなずいた。

「それでは、私は、扉の前で控えております。ゆっくりとお入りください」

扉が閉まった。はーっと息を吐く。そういえば、こちらに来て、初めて一人になったんだ。考える時間があって、ほっとするよ。

布を肩からすべらせた。

ちゃんと湯が落ちても排水されるようになっているらしい。日本人の血はいかんともしがたい。外で身体を洗ってからバスタブに入るという順番を守りたい。

上を見ると、蕾形《つぼみがた》の房飾りのように垂れているものがあった。もしかしてこれがシャワーなのかな。そちらに向かって手をかざすと、蕾状のものは手の中に入ってきた。

「ぬるめのお湯を出して」と頼むと、蕾は開き、適温の湯がシャワー状に出てきた。それで、身体を清めてから、「よいしょ」とよじのぼるようにして、バスタブの中に入る。

「くっはー！」

思わず、おっさんそのものの声が出てしまう。湯加減もちょうどいい。手足を伸ばすと、湯がたゆたう。浮かべてある花びらがくるくると湯の表面を舞い踊った。

異世界かあ。

なんだか今でもピンとこないや。ここは、超高級ホテルで。そこで、お風呂に入っているところ、なんてね。

そう現実逃避しようとしていた末永だったが、急にバスルームが暗くなった。

「うおっ？」

窓の外からファランが覗いていた。

明るいバスルームが翳《かげ》るほどに、ファランは大きい。末永は思わず立ち上がってしまった。

ファランはくるんと振り向くと、また悠然と泳いでいく。そう、ファランは飛ぶというより、空を泳いでいるのに近い。

「やっぱり、ここは違う世界だよね」

そう言って、ファランを見送って、末永はバスタブにもう一度浸かった。

湯から出ると、ふわふわのタオルで身体をぬぐう。

「ふー、いいお湯だった」

風呂の隅に大きな鏡があった。そこに映った自分の姿に、違和感を覚える。腰にタオルを巻くと、近寄っていった。

「へ？」

ほっぺたをぺんぺんしてみる。鏡の中の人物も、同様な仕種《しぐさ》をする。自分の足を上げてみた。鏡の中でも、そのようにする。

ぐぐっと鏡に近づいて、手で表面にふれ、さらには顔をくっつけて、つくづくと見る。

「俺、だよな？」

かなり細くなった気はしてたけれど。これは、想像以上だ。

「うん。俺だよな？　末永裕彰だよ……な？」

思わず疑問形になってしまう。顔をしかめると、鏡の中の少年もしかめてみせた。

そう、少年に見える。

面影はある。

だが、白い。細い。若い。末永裕彰は三十二歳だが、鏡の中の少年はずいぶんと子どもっぽい。

さらに目が、緑色をしている。

「そっかー!」

リーンハルトはずいぶん軽々と自分を持ち上げたと思ったけれど、実際に前よりはだいぶ小柄になっていたわけだ。

用意されていた下着はゴムではなく紐《ひも》で結ぶようになっていた。シャツのボタンを留め終わると、袖をまくらないといけないのに閉口した。さらにズボンはずるずるひきずりそうになっている。

これ、ぜったい、大きすぎるよねえ?

「あの」

扉からそっと、顔を出して、リーンハルトを窺《うかが》う。

「ああ、神子殿。湯はいかがでしたか」

輝くような笑顔を見せてくれる。

「お湯はたいへんけっこうだったんですけど、あの、これ」

姿を見せて、大きすぎたみたいですと言うより早く、リーンハルトが横を向いた。肩を震わせている。必死に笑うのをこらえているのだ。

さすが、騎士団長。鉄壁の自制心で、こちらを向いたときには顔を引き締めていた。まだ頬のあたりがぴくぴくするのは……――まあ、しかたないよね。

「申し訳ございません。少々大きかったようですね。別の服を用意いたしましょう」

末永は頭を下げる。

「お心遣い、いたみいります」

「神子殿」

リーンハルトは、膝を突いた。

「神子殿は、神より遣わされた方です。お呼び立てしたのは、私どもです。いわば、神からの大切なお客人なのです。もっと胸を張っていらしてよろしいのですよ」

「そう、言われても……」

リーンハルトは本気でそう考えてくれているのだろう。けれど、自分には期待されている役目、「泉の修復」はできそうにない。

難題すぎる。どうしていいのか、なにも浮かばない。

リーンハルトに抱き上げて運んでもらったように、ただ、「してもらう」だけ。そんなの、心苦しすぎるよ。

――こんなんだったら、納期に間に合いそうになくて、一日十六時間仕事をしていたほうがマシだよ！

仕事ができないって、こんなに苦しいんだね。辻くんの気持ちが、ほんのちょっとだけ、わかったよ。


リーンハルトがどこからか、服を調達してきてくれた。白いシャツと軽めのズボン、それに赤いチュニックだ。サイズはぴったりだった。

「たいへんよくお似合いですよ。神子殿。召喚直後でお疲れでしょうし、夜には祝賀の宴がございますので、遅めの昼食は軽いものにいたしました」

リーンハルトがそう言って合図をすると、給仕が食事を運んできた。深皿に入った野菜スープ、ハムやソーセージの盛り合わせ、そして平たいパン。フォークやスプーンが自分の知っているものとあまり変わらないのは、驚きもしたし、安心もした。

——もしかして、ここに来た転生者が伝えたのかな。

転生者が元の世界にあったフォークやスプーンを伝えた。それは、おおいにありそうな気がした。

——おかげさまで、手づかみで食べなくていいし、テーブルマナーも気にしないで済みます。ありがとうございます。

とはいえ、背後にはリーンハルトだけなく、給仕が数人つきっきり。こんな食事は初めてだ。もちろん、末永だとて、フルコースの料理ぐらいは、食べたことがある。

だけど、そのときには、会社の先輩の結婚式だったから両側は同僚で気楽だったし、給仕は自分専属じゃなかったし、こんなふうに一挙手一投足を見つめられてじゃなかった。正直言って、味なんて、わからない。

——うおー、手が震えるー！

緊張で心臓がばくばくいって、手に持ったフォークが皿に当たってカタカタ鳴って、しまいには自分の手から離れて床に落ちていった。

慌てて拾おうとしたのだが、給仕の男性に拾われてしまう。

「もう、おなかいっぱいです……」

そう言ったのだが、それが真実かどうかは、己でもわからなかった。

リーンハルトがなにごとかを給仕に指示している。

やがて、床まである大きな窓が開かれ、リーンハルトにバルコニーへといざなわれた。バルコニーは、半円形に張りだしており、五家族くらいなら陽気にバーベキューができそうな広さがある。やや乾いた風が、緑の匂いを伴って吹き寄せてきた。二人はバルコニーの端近くまで行くと、腰壁ごしに眼下を見下ろした。

「ふわー！」

絶景だ。

まるで、箱庭を見ているようだ。

住んだことはないが、タワーマンションの最上階ってこんな感じなんだろうか。

王城は小高い丘の上にあり、城壁がぐるりを取り囲んでいた。

霞むほど遠くには山が連なっている。そこまでは森や草地が続いていて、手前には光る大きな川が見えた。足下には市街地があり、丸屋根がいくつか見える。大きな通りがあるかと思うと、小道が入り組んでいたりする。

——あの小道に入り込んだら、方向音痴の俺は、もう、出てこられないだろうな。

なんて、遠い目で考えたりする。

いい匂いがしたので振り返ると、リーンハルトがマグカップのようなとってつきの器を手渡してくれた。

中には、さきほどのスープが入っている。

いつの間にか木のテーブルと椅子《いす》がバルコニーに用意されていた。テーブルの上には、パンとハムなどが並べられている。リーンハルトが聞いてきた。

「神子殿は、食べられないものはありますか」

「いいえ」

リーンハルトは平たいパンにナイフで切れ目を入れると具を挟んで、サンドイッチみたいにしてくれた。小エビと柔らかいチーズをはさんだもの、レタスとハムに甘酸っぱいソースをかけたもの、薄切りのゆで豚肉をタマネギソースであえたもの。

それからメロンに似た果物を使ってフルーツサンドまで作ってくれた。

「わ、わ、迷うな。じゃあ、ハムから」

「どうぞ」

指定したパンを手渡される。一人で食べるのは、なんだか寂しい。思い切って、提案する。

「よろしければ、リーンハルト様も召し上がりませんか？」

「そうですね。神子殿のお誘いなら、断るという選択肢はありますまい。いただきましょう」

二人は、バルコニーの腰壁にもたれるようにして、外を見ながらスープを飲み、具を挟んだパンをかじった。

室内で食べるよりも、ずっとおいしく感じられる。リーンハルトが言った。

「野営のときを思い出しますね。よく、こうして食べました。見張りのときには、いつでも剣を抜けるよう、片手で食べられるものがありがたいので」

野営とかするんだというのが、まず、驚きだった。

「リーンハルト様はお城にいるだけじゃないんですね」

てっきり、王様の警護をしているだけだと思っていたのに。リーンハルトの顔がほころんだ。

「私は見習いから入ったので、国王陛下直属の騎士となる前は、警備や魔物討伐のためあちこちを回りましたよ。騎士団長となった今でも、王のご命令とあれば、いずこにも参ります」

そうか。実力派なんだね。

「どうされました？」

「ここからだと、聖殿がよく見えませんね」

「聖殿のある聖大樹はバルコニーとは反対側になりますからね」

さっきバスルームに来たファランはなんだったんだろう。好奇心、かなあ。

「ここにいると風が気持ちいいですね、リーンハルト様」

「そうですね。今は夏の上月《かみづき》。この国がもっとも輝く季節です」

「一年は何ヶ月あるんですか」

「春が三月《みつき》、夏が三月、秋が三月、そして冬が三月です」

末永は計算する。ということは、今は梅雨のない六月ってあたりだろうか。

「この城の下にある町はなんというのですか？」

「王都の城下町チェラーノです。町を囲む外壁があり、脇を大河グランアランが流れています。外壁の外に広がっているのはカーテルモント聖王国の肥沃《ひよく》な穀倉地帯と牧草地、深い森です。王都からは八方向に大街道が通じています」

リーンハルトが指をさす。

「丸屋根がいくつか見えるでしょう？　チェラーノには複数の寺院がございます。参道には、その寺院が祀《まつ》る神にちなんだ店や土産物《みやげもの》などが並んでいて、町の外から来た者には珍しいようですよ」

「あー」

わかる。川崎大師《かわさきだいし》とか成田山《なりたさん》とか伊勢《いせ》神宮みたいなものだね。

「カーテルモント聖王国は、混沌の泉からの豊かな魔力と神々の祝福、不可侵の聖獣ファランの加護によって、栄えております。気候は温暖、大地潤《うるお》す雨が降り、毎年、小麦は豊作で、羊は肥《ふと》り、民は飢えることを知りません。国王は神との契約を守り善政を敷き、税も安く、子どもたちは望めばみな最高学府まで通うことができます」

え、それってすごくない？

ここって、楽園？

現代日本、税金は高いのに、福祉は年々減らされるし、大学に奨学金をもらって行ったせいで、その返還に月給のかなりの部分が削られてたんだけど。

そういえば奨学金の返還ってどうなったんだっけと急に不安になる。まだだいぶ、残ってたよな。……そうか。本人が死亡していたら、返還は免除になるんだった。

――もう、自分がいない世界のことを心配してどーする！

チェラーノの大通りを馬車が移動しているのが見えた。

「馬がいるんですね」

どうやら、自動車や電車はないようだった。こうして見ていると、服装といい、技術といい、中世寄りのようだが、エネルギーに魔力が関与しているせいで、あながち遅れているとも言いがたいところがある。

ここから見える山の高さが妙に均一なのが気になった。高いのか低いのか。距離感が摑《つか》めない。

「あの山の向こうにも、町があるんですか」

そう聞くと、リーンハルトは、悲しげな顔になった。

「かつては、ありました」

かつてはってどういうことだろう。王都から離れているから、限界集落になったとかかな。

「神子殿。あの山の向こうは神なき地、辺境です。草もまばらな荒れ地があるばかり。そこに住むのは野人《やじん》か、重罪人か、魔物くらいのものです」

どうやら、カーテルモント聖王国と辺境は、あの山で区切られているらしい。自分が知っている地理学とあまりに違うので、面食らう。

「混沌の泉から、カーテルモント聖王国全域には地脈を通じて魔力が送られております。それが、この国に恵みをもたらしているのです。泉の破損により、王国の領土は年々狭まっております。私が小さいときには、あの山並みはさらにはるか向こうにありました。ここから見ることは不可能なほどに」

魔力の根源、聖殿の泉の封印にヒビが入り、魔力が漏れている。それが直らないと、魔力は枯渇する。

あの山がどんどんこちらに来たら？

この町の向こうにまで、迫ってきたら？

「混沌の泉から魔力が漏れ出して、百年近く。魔力の枯渇は国家どころか、この世界の問題なのです」

ごくんとスープを飲みながら、考えをまとめる。

——事態は、自分が思っているより、ずっとずっと深刻だった！

なんか、できそうなことはないのか。

「あのヒビを、物理的に塞ぐことはできないんですか」

「やってみましたが、不可能でした。塗り込めるそばから、ヒビが入るのです」

ですよね。浅慮な自分が考えつくことなんて、とっくのとうに、やってますよね。

「あの泉を作ったときの記録は、残っていないのでしょうか」

「混沌の泉の創生は、カーテルモント聖王国建国前。二千年は経《た》っております。当時の詳細な記録はなく、口づたえのみです」

二千年というと弥生《やよい》時代だよね。

「うう……」

それは記録も失われるよね。

「神様に頼んでみるとか」

「やっておりますが、いっこうに手応えはなく。……ここだけの話、神は気まぐれですからね」

「あー」

「歩きスマホはだめだよおー」という、神様の呑気《のんき》な声が蘇《よみがえ》る。

「わかります」

「あの泉の術法を読める者がそもそもおらず、もし、術法が読めたとしても、あの泉は原始術法によって作られていると伝えられておりますゆえ、修復できないのです」

次のエビのサンドイッチを手にした。

今のうちに、情報を仕入れなくては。

「神子を呼び出したことは、前にもあるのですか？」

「はい、ございました。救世の神子は神からの賜《たまわ》り物です。歴史に残る神子としては、六百年ほど前に降臨され、雷竜《らいりゅう》を退けてくださいました竜退治のジーノ様。二百年ほど前に、グランアランの氾濫《はんらん》を防ぎ、大洪水から守ってくださいました、水操りのカロン様などがおられます。どちらもはるか昔のことです。お二人ともすでに地に還られております。子孫は貴族として、暮らしていらっしゃいますが、救世の力は失っております」

うん、なるほど。食後のデザートのフルーツサンドに手を伸ばす。一口かじる。

「あ……っ！」

「いかがいたしました？」

真剣な顔のリーンハルトに、末永もまた、まじめに返す。

「すごい……すごい、おいしいです。このフルーツサンド。生クリームが濃厚で……それでいて、後味がさっぱりしていて……メロンよりは酸味のある、この果物とよく合います……」

しばらく間《ま》があった。

あ、しまった。シリアスな話をしていたのに、いい加減なやつだと思われただろうか。

リーンハルトは、横を向いて肩を震わせている。

違う。これは、さっきも見た。笑っているのだ。

「それは、喜ばしいことです。料理人に伝えておきましょう」

正面を向いたリーンハルトは、顔を引き締めてそう言った。

甘いデザートを食べたあと、やはり陶器のマグで淡い香りのお茶を飲みながら、苦い質問をした。

「神子なのに、なにもできなかった人も、いるんですか？」

リーンハルトは、押し黙った。苦しそうな顔をしていた。それが、答えなのだろう。

「いるんですね」

「そうですね。神からの賜り物とはいえ、万能ではないということでしょう。神子を呼ぶときには、必ず『解決できない問題』があります。神子のおつとめとして、それを解決された方もおりますし、なすことができなかった方もございます」

神子のつとめを果たした人たちは貴族になったんだよね。

「その、うまくいかなかった方たちは……」

「心苦しかったのでしょうね。どの方も、市井にまぎれ、そこで生涯を終えられたようです」

き、厳しい。できるか、できないか。それで、身分が決まってしまう。

「はずれ神子」という単語が、脳裏をかすめる。

ごめん。はずれでごめん。

ガチャに期待してはずれたときの気持ち、わかるよ。しかも、今回は世界とやらがかかっている。ここは絶対にはずせなかった。

なんなら、当たり確定ガチャをしたかったはずだ。

なのに、俺が来ちゃうなんて、がっかりだよね。

あのおじいさんが、神様だとして。どうして、俺を選んだんだろう。どんなに考えてみても、「たまたま、そこにいたから」としか思えないのだけれど。神子召喚の儀式をしている、ジャストなタイミングで、トラックとぶつかったからじゃないのかな。

「神子殿？」

考えにふけって黙り込んだ末永の顔を、リーンハルトが覗き込んできた。

「あの、ぼく。あまり、お役に立てないと思います。前の世界ではプログラマーだったんです。プログラマーっていうのは……」

リーンハルトがすっと、末永の口元を手のひらで覆った。

——遮られた……？

そんなことをされるとは思っていなかったので、驚いて動きが止まってしまった。なにか悪いことを言ったのだろうか。今まで優しかったリーンハルトの顔が険しくなっている。

風が吹いた。夕刻が近づき、涼しいを通り越して、冷たいくらいだった。

リーンハルトの目の色さえ、暗く翳って感じられた。

深い深い海の色だ。どこに底があるのかわからない、深海の色だ。

リーンハルトが手を離した。

また、元の通りに穏やかな表情になっている。

「神子殿。失礼しました。しかしながら、以前いらっしゃった場所のことは、どうぞお話しくださいますな。それは、『神子の禁忌《きんき》』なのです」

「神子の、禁忌……？」

「いろいろと、思い悩まれることも多いでしょう。しかし、神子は、このカーテルモント聖王国に神から賜った宝です。私は、あなたがいらしてくださっただけで、祝福された心地になりました。どうか、もう、前の世界のことは神子お一人の胸に留《とど》めてくださいませ」

そう言って、彼は片方の膝を突くと、末永の手の甲に口づけた。

「この、リーンハルトのたっての望みです」

そんなことを言われたら、従わないわけにはいかない。その、「神子の禁忌」をちゃんと守ろうと末永は心に誓った。

せめて、それぐらいは。

この、神子ガチャにはずれてしまった自分に、こんなに優しくしてくれるこの人のために。

■03 気まずい晩餐会《ばんさんかい》

うん、予想してた。

わかってた。

末永はたった今、王と大貴族たちの晩餐会から胃を押さえながら、退出したところだ。

「神子殿。歩けますか。また、抱いていきましょうか」

末永は刺繍入りの赤いチュニックを着ていた。紺色の騎士団の制服姿のリーンハルトが、自分を支えてくれている。

「だいじょぶ……です……」

掠《かす》れた声しか出てこない。

両側の壁の色は薄紫。王宮であることを示す色らしい。早く、自分の部屋に着かないかなとそればかり思いながら、一歩一歩を踏みしめていく。

うん、わかってた。

今夜の食事が、決して、楽しいものではないことぐらい。

リーンハルトが、たまたま、とっても優しくて気持ちよく自分に接してくれているのだってことぐらい。

——でも、でも、でも、あんなふうにチクチクいじめなくてもいいじゃない。いいじゃなーい？

ほんとにそう思う。

王様主催の晩餐会。五十人はいたな。長細いテーブルの一番向こう端が国王陛下。こちら側が、主賓の神子こと俺。

紺の詰め襟姿のリーンハルトは片手剣を帯刀して背後に立っていた。

国王陛下が乾杯した。

「まずは、神子のご降臨を喜ぼうではないか」

そんなこと言われて、またもやプレッシャーに沈んでいく自分。

なにかを期待されていて、それができないことがわかっているって、なかなか地獄だ。

かつて世界を救った、偉大な二人の神子の例を引き合いに出して、「今度の神子にもがんばってもらいたい」みたいに言われる。残される伝説は、「うまくいったケース」ばかりだ。そのほかの、市井に紛れていった「はずれ神子」のことには、だれも言及しない。

——役に立たなくてごめん。

そう思うと、乾杯のグラスを持つ手が低くなってしまうというものだ。中に入っていたのは、泡の立った桃の香りのお酒だった。

それが甘くておいしかったので、ちょっと気を良くしていたのに。

「はずれ神子では、嬉しさも半減するというもの」

するどい一言が、胸を刺す。わー、ほんとのことだって、言われたらショックを受ける。

「マローネ公爵《こうしゃく》」

背後のリーンハルトは、このときまで静かにしていたのだが、低い声で言った。

「国王陛下の御前《おんまえ》ですよ」

遠い正面の、国王アマデオが言った。

「神子召喚を決定したのは私であるが？」

「申し訳ございません」

その、マローネ公爵という男は国王の近くの席だ。だから、よく見えなかった。初老ということしかわからない。

上座ということは、きっと地位が高いのだろう。

はずれの神子であることは、真実だ。こんな発言が出るのだ。きっと、みんな、内心では、そう思っている。

ごめん。

これこそ、よくテレビで連呼している「絶対に負けられない戦いがここにある」だった。はずしちゃならない賭けだった。

もう、帰りたい。

あれ、でも、どこに?

俺、もう、前の世界では「いない」し。

こっちの世界では居場所が「ない」し。

順番に、貴族たちが挨拶をした。そのたびに、リーンハルトが、名前と爵位《しゃくい》と地位を耳打ちしてくれるのだが、覚えていられる自信はない。

その場に出されたのは、フルーツソースと固めた肉のゼリー寄せ。美しく盛られた野菜のサラダ。香草が練り込まれたチーズ。リンゴといっしょに煮込まれた豚肉らしきもの。柔らかいパンに透き通ったスープ。

食欲はゼロだった。どうしても食べられない。ただ、みんなの話を聞いているだけだ。

話題は、以前の神子のことが主だった。

雷竜をうちとった。

大河の氾濫を抑えた。

食欲はゼロを通り越して、マイナスになっていく。

なんで、自分が。

一介の、プログラマーが。

こんなところに来てしまったのだろう。

——神様だったら、間違いをしないんじゃないのー？

そう言いたいが、自分が知っているあのひげのおじいさんが神様であったとしたら、「やだなあ、神様だって、万能じゃないんだよ？　そこはほら、自分でがんばってもらわないとね！」って軽くウインクしてきそうだ。

ん？　待てよ。過去にも神子を呼んだんだよね。

「あの」

末永が発言すると、みなのおしゃべりがぴたりと止まった。いや、話しにくい！　でも、言う。

「別の神子を、呼ぶことはできないのでしょうか」

全員の視線が、こちらを向いた。胃に。胃に来る。いい身なりの老若男女がじっとこちらを見つめているのだ。

固まっている。

信じられないものを見るかのように。

なんか。自分、たいへんにまずい発言をしたのだろうか。

こほんと咳払《せきばら》いがして、老女が微笑みながら言った。

「神子様はきっと、まだ、本気を出されていないだけですよ」

それに応じるように、周囲も言い始める。

「そうです。神子様がいらっしゃったということは、神は我らをお見捨てになっていらっしゃらないということですからね」

「神子様が、きっと方法を探し出して下さいますよ」

やめてえええええ！

無謀な重圧で、胃が本格的にキリキリするよ。

デザートには三色のアイスクリームが出てきたのだが、とてもスプーンを手にできない。

身体を二つに折って、ジタバタしたくなる。

リーンハルトが前に出た。「神子はこちらにいらしたばかりで、お疲れのご様子です」と腕を取って立たせてくれ、一礼して退場することができた。

現金なことに。

壁の色が薄青になり、自分の部屋が近くなると、胃の痛みが薄れてきた。リーンハルトに寝室まで運んでもらい、靴を脱がされ、チュニックのボタンを外され、泳げそうに広いベッドに横たえられる。

「神子殿。失礼します」

シャツの上から、リーンハルトがそっと手のひらを痛む胃のあたりに当ててくれる。

「おつらいのは、このあたりですか？」

「あー……」

思わず出た末永の声に、リーンハルトの手が引っ込められようとする。その手にすがるように懇願する。

「そのままにして下さい。すごい。あったかい。気持ちいい」

ふっと、リーンハルトの口元が緩む。手のひらがかすかに動き、痛む胃のあたりをほぐすようにリズムを刻む。

「情けなくて、ごめんなさい」

「なにを、謝られることがありましょうか」

リーンハルトの声には、悔恨が滲《にじ》み出ていた。

「私こそ、神子づきに任命された騎士でありながら、王命に逆らえず、たおやかな神子殿をあのような場所に出さざるを得なかったことを、不甲斐《ふがい》なく思っております」

思わず「ふふっ」と笑ってしまった。「たおやか」なんて。ほんとの俺は、おっさんなのに。

「なにを、笑っておられるのですか?」

ああ、これは言ったらいけないんだな。「神子の禁忌」ってやつだ。

「だって、リーンハルト様がお優しいから」

それもまた、真実なので、そう言っておいた。リーンハルトが、今まで見たことがないような、鳩《はと》が豆鉄砲食ったような顔になった。その顔を見たら、よりいっそう、おかしくなった。

——そんな顔も、するんだ。

笑ったら、なんだかふっと楽になってきた。

寝室をノックする音がした。侍女の一人が、白い器をのせた盆を捧げ持って入ってきた。

「騎士団寮づきの薬師《くすし》の薬です」

「ん……」

上半身を起こされて、白い器の底にたまっている薬を見た。

——苔《こけ》の入った泥かな?

「これ、飲んでいいものなんですか?」

「効き目は保証付きです」

「じゃあ、飲みます」

一口飲んで、吐き出さなかった自分を褒めてやりたい。

――ぐえええ……！

すごい。まずい。

死ぬほどまずい。

まずいなんてもんじゃない。

草だ。草の味だ。そして沼だ。飲み下して、そのあと水を飲んでも、鼻や喉から、いや、肌の毛穴からさえ、臭いが立ち上ってくるようだ。

「リーンハルト様の嘘つき！　まずいです！」

「効くとは申しましたが、おいしいとは一言も申しておりません」

リーンハルトは澄ました顔をしている。

チュニックを脱がされ、シャツをくつろげられた。ベッドのうわがけをかけられる。

気のせいか、だいぶ胃痛がやわらいだ気がする。

「今日は、このままおやすみなさいませ。私の部屋とは隣り合っており、寝室はこちら側の扉で繋がっております。なにかありましたら、遠慮なく、お声がけ下さい」

「はい……」

ああ、行っちゃうんだ。離れちゃうんだ。

そう思った。

今日、初めて会った人だというのに。自分とは違う世界の人だというのに。

引き剝《は》がされていくみたいだった。

扉を出て行くときに、リーンハルトが振り向いた。

気のせいか、彼もまた、名残惜《なごり》しげな、顔をしていた。

■04　フランコの部屋　騎士団長の興奮

フランコは、カーテルモント聖王国騎士団の副団長だ。

ウェーブがかった茶色の髪、明るい茶色の目。優男《やさおとこ》だが、目が垂れているせいか、若干くだけた印象を、見た者は受けるだろう。

副団長の部屋は、リーンハルトの部屋より下の階になる。私室と寝室、そしてバスルームという造りで、団長の部屋よりは手狭だが、独り者には充分だ。

三度の食事を城の厨房で作ってもらえるのも気楽で気に入っている。

風呂に入り、寝酒を引っかけて、さあ寝るかという時分に、いきなり扉をあけた者がいた。

「フランコ、聞いてくれ」

「リーンハルト」

咎《とが》めるように言ったのだが、リーンハルトは意に介さず、興奮した面持《おもも》ちで、入ってくると話し出す。

「神子が降臨されたぞ」

「うん。知ってるよ」

だいたい、俺、あそこにいたじゃん。

「間近で見て、感嘆した。俺が想像していたより、ずいぶんときゃしゃで。布で覆われた中から現した姿は、白い花から生まれ出《い》でたかのようだった」

「そ、そうだったかな……？」

細身で小柄ではあったが、このリーンハルトが言うほどだったかと首をひねる。

「神子とは、そこにいるだけで、素晴らしいものなのだな。抱きあげると軽くて。俺がふれてもいいのかとためらった。この腕が震えていた」

そのときの感動が蘇ったというように、リーンハルトの頬が上気している。

「おかしいか？　このように、敬虔《けいけん》な気持ちになったのは、初めてなのだ。抑えようがなくて、つい、おまえを訪問してしまった」

「うん。いや、いいんだけど……」

敬虔な気持ちというよりは、これは……――。

いや、まさか。

騎士は、正直言って、モテる。騎士団に所属しているだけで、女性が寄ってくる。

そのような状況でも、団長のリーンハルトは、孤高を貫いていた。副団長のフランコをして、この男は恋をする能力が欠如しているのではないかと懸念していたほどだった。

「うん、そうか。でも、俺が知りたいのは、泉の修復ができそうかってことだよ」

神子が術法を読めなかったのをフランコは目の前で見た。

その話になると、リーンハルトの表情は翳った。

「神子は降臨されて間もない。急《せ》いてはならないと思う」

はっと、リーンハルトは身を翻《ひるがえ》した。

「こんなことをしていては、いけないな。帰って、神子の護衛を務めなくては」

「こんなことって、おまえ。呼んでもないのに勝手に来たくせに」

フランコの言葉は、慌てたように扉を出て行ったリーンハルトには届かなかったに違いない。

■05　神子とハリネズミではないもの

適度な気温と湿度。太陽の匂いのするシーツ。

末永は考える。

——いつ、洗濯したんだろ。

最近は、「アスガルド戦記」の件で気もそぞろで、ベッドメイクなんて、してなかったはずなんだけどな。それに、このシーツ、やたらとすべすべのさらさらだ。上等な逸品っぽいんだけど、買い換えたんだっけ？　この枕もいい感じ。

「うふふふん」

マットレスもふわふわで、まるで雲の上にいる気分だ。

「今、何時だろ」

手を伸ばしてスマホを取ろうとする。

「ん？　ん？　んんんん？」

枕元に置いてあるはずのスマホが、ない。

「あれ？」

ずり、ずり、ずり。身体を上に上にと移動させる。それなのに、手にふれるのは、極上の手ざわりのシーツのみなのだった。

「なんで？　なんで、なんで？」

必死に手を動かすと、なにかに当たった。もふっとした。

「もふ……？」

え、なに？

え、なに？

そのもふもふは、末永の手の下でぷるぷると振動した。

「スマホカバー、ファー素材に替えたっけ？」

おかしいな。発熱しているのかな。あったかいな、このスマホ。もっとよく握ろうとしたら、いやがられた。

「うわっ？」

いやがられた？

「生きてる」

それはどうやら、スマホじゃない。末永は飛び起きた。自分じゃない小さな呼吸音がする。

薄暗いなか、末永は悲鳴を上げた。

ダン、という衝撃音、「神子殿！」というリーンハルトの声。「明かりを」と彼が呼ばわると、ぱっと寝室内が明るくなった。

――あ、そうか。

ここは、カーテルモント聖王国だった。

片手剣を持って、隣室からの続き扉を蹴破《けやぶ》る勢いで入ってきたリーンハルトは、紺のガウン姿だった。大急ぎで身に纏ったのだろう、多少乱れているのが、なんとも……

――イイ！

末永は心中で親指を立て、架空のＳＮＳに向かって「いいね」を押しまくった。

「神子、どうされましたか？　賊は？」

そうじゃない！　そうじゃないよ、俺。

「なにかが、ベッドの上に」

「お下がりください」

リーンハルトがベッド上を確認する。

「あ」

彼が短い声をあげた。

「リノ。おまえ、寝床を抜け出してこんなところに」

リーンハルトが話しかけている。

そして、なにかを掬《すく》い上げるとこちらを振り向く。

彼の手のひらの上には、ハリネズミほどの大きさの生き物がいた。

だが、ハリネズミと違って毛は白く柔らかそうだ。そのハリネズミもどきは、末永が珍しくてたまらないというように、薄桃色の尖《とが》った鼻先を突き出している。

リーンハルトがその小動物を確保してくれたので、ようやく末永は息をつくことができた。

——潰さなくて、よかった。

「この子は、リーンハルト様のペットなのですか？」

リーンハルトが、戸惑ったような顔になったのち、微笑んだ。

「神子殿。こちらは、カーテルモント聖王国の守護神にして不可侵の聖獣、ファランの仔《こ》、リノです」

リノはくりくりした黒い小さな目を、こちらに向けている。賢そうな顔をしていた。

「えーっと」

聖獣ファランといえば、昼に見た、空を泳ぐでかい獣だよね。あれの幼獣？

どう見ても、白いふわふわハリネズミなんだけど。可愛い……。

リーンハルトが息を吐いた。

「申し訳ありません。夜半、どうしても気になって、神子殿がお休みになられている様子を確認したのですが、そのときにリノがこちらに紛れてしまったようです。ご容赦ください」

そんなふうに謝られたら、もう、怒れない。というか、もとから怒ってはいない。ただただ、びっくりしただけだ。

リーンハルトは隣室から、ためらうことなく助けに駆けつけてくれた。なんと、頼もしいんだろう。

リノが、こちらの匂いをしきりとかいでいるように思える。

「か、わいい……」

——俺も、これ、飼いたい！

そんな衝動に駆られたのだが、末永はファランが成獣になったときの大きさを思い出した。

昼にバスルームにやってきたファランは、窓の日差しを遮るほどだった。

――むりだな。

あんなに大きくなるんじゃ、大型犬の比ではない。とても飼えるわけがない。

「あの、ふれてもいいですか」

「どうぞ？」

昼に聖殿で顔をさわったからだろう。リーンハルトは目を閉じると、末永に向かって顔を差し出してきた。

――そうじゃないんだけど。そうじゃ、ないんだけど。

この場合、彼の顔をさわるのは正解か？　迷った末に、そのほっぺたにちょっとだけ、ふれようと指先を近づけた。

そのとたん、ぱっと、リーンハルトの目が見開かれた。

――うわ！

あまりにも間近、かつ真正面から彼の目を見てしまった。末永はひるむ。

「すみません、神子殿。リノのことですよね」

そう言われたので、あたかも最初からこうするつもりでしたというように、指をリノの鼻先に持っていった。

リノは、しきりにふんふんと匂いをかいでいる。そして、なんと、小さな舌で、末永の指を舐《な》めてきた。

なんとも、くすぐったい。

「リノも、神子殿が気に入ったようですね」

そう言って微笑むリーンハルトが、イケメンすぎて輝くかと思った。

さらには、心まで美しいとか。ありか。あるのか。

さすが、SSR。

■06　神子の朝の風景

末永が神子として降臨してから三日。

自室から一歩も出ない、引きこもり生活が続いていた。食事は神子の執務室で、リーンハルトとともにとることが日課となっていた。

「神子殿。パンを温め直してもらいましょうか」

シャツ姿のリーンハルトがそう言って手を差し出してくる。

「いいです」と遠慮したのだが、リーンハルトはテーブル上の鈴をとると振った。音は軽やかで控えめだったが、即座に執務室の続き部屋から侍女が入ってくる。

リーンハルトが指示すると、やがて温められたパンがテーブルに並ぶ。

だけど、リーンハルトの言う通り、パンは温めてもらったほうがおいしい。そこに濃厚なバタークリームをつけて食べるのがたまらない。

そして、スープ。

豚や牛の骨をことこと煮込んでだしをとり、そこに香草や野菜が加えられていて、身体に染み入る味になっている。だし文化、ばんざい。

今朝はコンビーフみたいなほぐし肉も添えてあって、それを葉野菜とともに甘酸っぱいフルーツソースで食べる。

「これ、マヨネーズで食べたらおいしそう」

そうつぶやくと、リーンハルトが耳ざとく聞き返してきた。

「マヨネーズとは、どのようなものでしょうか？」

マヨネーズとはなにか？

末永は必死で考えた。

「えーっと……」

末永にとってマヨネーズとは、スーパーマーケットやコンビニエンスストアに行けば、普通に棚に並んでいるものだった。あれが安価に買えたってもしかして、すごいことだったんじゃないだろうか。

「生の卵に酢が入っていて、どろっとしていて、酸っぱくてしょっぱくて……」

リーンハルトが不可解という顔をしている。そうだよね。言葉にすると、自分でも「そんなものをパンにつけてうまいのか?」って思う。

でも、食べたいな。マヨネーズ。

「神子殿。散歩がてら、城内を軽くご案内しましょうか」

にこやかにお誘いされたけれど「あ、いいです」と、視線を外してノーサンキューの返事をしてしまう。

「そうですか……」

リーンハルトは、それ以上は押してこなかったが、しごく残念そうだった。

──ああ、違うんです。あなたにそんな顔をさせたいわけじゃないんです。

リーンハルトと城内散歩。きっと楽しいだろうな。

リーンハルトのことだ。張り切って案内してくれるのに違いない。

でも、でも。

リーンハルトといっしょにいたら、自分が「神子」だと、わかってしまうよね。

パターンその一。好意的な場合。

──「あれが、神子様よ」「泉を修復して下さるとか」「やったわね。この国は救われるわ」

ああ、「はずれ」だというのに、これはつらい。

パターンその二。悪意ありな場合。

――「あれが、神子様よ」「泉の術法はおろか、魔法も知らなかったそうよ」「なんで来たの。この国は終わりだわ」

うああ、そのとおりだけど、やっぱりつらい。

というわけで、どっちに転んでもきついので、結果、引きこもるしかない。

「生まれてきてすみません」と、どこかの文豪が言っていた気がするけれど、末永もまた、「転生してきてごめんなさい」の気持ちだった。申し訳ない。

神様がおまけしてくれた人生だけど、これは悪夢だよ。マイナス人生。

前世で、あのまま、昇天していたほうがよかったんじゃないのかな。

レイモンドを活躍させてやれなかった自分が、ここでも、推しSSRに悲しい顔をさせている。

その事実にへこみつつ、ぼうっと、バルコニーから空を見ていると、騎士団の制服姿のリーンハルトに背後から話しかけられた。

「神子殿。あまり深く思い悩まれますな。私は……――」

そう言いかけたリーンハルトから、ぽんとなにかが飛び降りた。それは自分のところにやってくる。

「リノ……！」

ファランの仔、リノ――いや、呼び捨ては失礼だ――リノ様だった。

リノ様は、よじよじと足をよじ登ってくる。

――懐いてくれている！

ほわあと顔がゆるんでしまう。そうっと屈《かが》み込んで、リノ様を手のひらに乗せた。

「リノ。私は、詰め所に行くのだが」

リーンハルトは困り顔をしていた。末永は思い切って提案してみた。

「あの。お世話の仕方がわかれば、置いていってもいいんですけど」

あれ？　でも、ファランは不可侵の聖獣にして、この国の守護獣。自分なんかが世話して大丈夫なんだろうか。一瞬、不安になったのだが、リーンハルトはうなずいた。

「リノは、さきほど朝ごはんは食べましたし、私以外には懐かないので、どこかに行くということもないと思います。お願いしてよろしいでしょうか」

そうなったら、もう、「はい、よろしいです」としか、返答しようがないではないか。

リーンハルトが、末永の肩におられるリノ様に指先でふれる。

「いい子にしているんだよ」

その言い方が優しい。聞いている末永の頬も緩んでしまう。

リーンハルトは廊下に面した扉の前でこちらを向いた。

「それでは、神子殿。行って参ります。リノを頼みます」

「はい、行ってらっしゃい」

自室の扉からリーンハルトを見送りながら、こんなふうに朝、自宅で誰かに「行ってらっしゃい」を言うのは久しぶりだと、感慨にふけっていた。

——これ、ここに来て初めての夜にも感じたよね。

彼が去って行くと、物足りないような、名残惜しいような気持ちになるのだ。

——SSR騎士だからかな。きらきら、まぶしい人がいなくなるからかな。

そんなことを、末永は思ったのだった。

■07　神子の最初の迷子

リノ様と末永は、かくれんぼをして遊んだ。

末永は別に遊びたくはなかったのだが、リノ様があちこちの隙間に隠れて、そのたびに青くなって探してはリノ様専用のクッションに戻し、クッションに戻ししているうちに、リノ様が巧妙になってきて、探すのに長い時間がかかるようになってしまったのだ。

——ファランって、どのくらい、知恵があるのかなあ。

こちらの様子を黒い小さな目でじっと見ているところなんて、話がわかっているんじゃないかという節さえある。

リノ様を彼の寝床であるクッションに何度目かに戻した際、屈み込んで聞いてみる。

「ねえ、リノ様。ぼく、どうしたらいいのかな。なにをしたら、リーンハルト様に喜んでもらえるような結果が出せるかなあ」

「あの」

背後から声をかけられて飛び上がった。振り向くと、神官長のセラフィナと、そのうしろには配下の神官たちが立っていた。彼女たちは襟が詰まった白い神官服を着ている。

セラフィナの薄桃色の髪がふわりと揺れた。

「お返事がなかったので、不敬は承知の上で、入室させていただきました」

そう言いながら、彼女は困ったように微笑む。幼いながらも、完璧《かんぺき》な挨拶だった。末永は頭を下げた。

「いえ、とんでもないです。本来でしたら、新参者の私のほうからうかがうべきところ、わざわざのおいで、痛み入ります」

セラフィナがふっと肩の力を抜いたのが、感じられた。

――なんだか、似ている……？

なんでだろ。どうして、思い出すんだろ。

「差し出がましいとは存じましたが、神子様にこのカーテルモント聖王国の歴史をより深く知っていただくために、本を持参いたしました」

そう言って合図をすると、神官たちが山のような本を執務机に置いた。

「ご親切に、ありがとうございます」

末永はそれらを手に取ってみる。

——そうか。この世界にはちゃんと印刷機があるんだな。……ん？

中に一冊だけ、明らかに年代が古い、手書きのものがある。

——『エイ・レハワの指南書』……？

おもしろいタイトルだ。

「あの……」

セラフィナがおずおずと言い出した。

「軽く講義など、させていただきたいのですが。お時間、よろしいでしょうか」

「今……ちょっと……忙しくてですね……」

そう言ったのだが、黒髪を結い上げた女性神官が、前に進み出て言った。

「神子様は、ファランの仔をあやすのがお仕事だったのですね」

「ううう……」

「およしなさい、ベルタ。神子様に失礼ですよ」

「申し訳ございません。セラフィナ様」

――これは、俺のせいじゃない。リノ様のせいなんだからね！

そう言いたいのだが、リノ様はかくれんぼの続きのつもりなのか、それとも、神官たちの圧が恐ろしかったのか、どこかに潜んで、出てくる気配がない。

――リノ様、ずるいよ！

末永は返答した。

「はい……」

そして、講義が始まった。

おとなしく、執務室のふわふわした肘《ひじ》掛け付きの椅子に腰をおろし、セラフィナが話すことに耳を傾ける。

「それでは、こちらをご覧くださいませ」

そう言うと、空中に粒子が流れ込み、精密無比な模型ができあがる。砂漠寸前の荒野だ。

――この人ってすごい魔法術師なんだなあ。

「今から二千年以上前、この世界にあったのは、荒れ果てた土地だけでした」

模型の荒野には砂嵐が吹き荒れている。生えているのは棘《とげ》だらけの、イラクサに似た植物だけだ。その植物には、小さな小さな実が生《な》った。荒れ地の人々は、その実を食べて飢えをしのいでいる。当然ながら、手は傷だらけだった。たまに姿をみせるトカゲやヘビ、そしてネズミを生のままかじっていた。みな、痩せこけている。目だけが光っている。

その中の誰かが声を上げた。

砂の中から、巨大な鎧竜《よろいりゅう》が姿を現した。それは、人間を捕まえては喰っていく。

「うわあ……」

これ、見てないとだめですか？　けっこう、きついんですけど。

人間だって負けてはいない。傷つき、倒れた鎧竜を見つけるやいなや、その硬い外殻をはがし、中の肉を生で食べ、骨の髄《ずい》をすすった。

夜には、岩に自然にできたらしい穴の中に皆で眠った。

「このように、人々の暮らしは、たいへんに艱難辛苦《かんなんしんく》を伴うものでした。人々は祈るようになりました。もっと、心穏やかに暮らしていきたいと。神は、その願いを聞き届けてくださいました」

砂漠の真ん中に、光の柱が立ち現れ、そこに人が立った。その人は、質素な服を着ていたが、利発げな顔をしていた。この人が、神様らしい。

大きな獣が現れた。ファランだ。

ファランは歌った。身をくねらせながら、歌った。

教会の大聖堂から響くような、荘厳な歌声だった。

砂が渦巻く。そこに、ぽつりと一つ、井戸が立ち現れていた。

それこそが混沌の泉の原型なのだと理解したのは、バラバラと情景が変わっていったからだ。

泉は、みるみる大きくなった。それにつれて、周囲の風景も変わっていく。緑が増え、哺乳動物が誕生し、山が立ち現れ、退く。

泉の下に根が張った。その根は遠くに、より遠くにと伸びていく。太い根は地中に潜る。これが地脈だ。その地脈が届く範囲に、草地は広がり、動物は肥え太り、湖ができ、森が広がり、畑が作られ、放牧が始まり、やがて畜産が始まった。

まるで、映画の早回しだ。

人間が増えるにつれて、泉を支える根は幹を作り聖大樹となっていく。樹は荒々しく伸びていく。周辺を丘にして、やがて泉を地から押し上げた。さらに泉は高く、高く、持ち上げられていく。

その泉を獣や外敵から守るために、人々は力を合わせた。聖殿が作られ、周辺は町になり、やがて混沌の泉の幹を囲むように城が築かれ、王が選ばれ、伸びた地脈の要《かなめ》には貴族領が設置された。

様々な神の寺院が建てられ、騎士団が結成され、文化が推奨され、演劇や楽曲などが盛んになってゆく。

「すごい……」

その驚嘆が、セラフィナの手腕にたいしてなのか、それとも神による奇蹟へのものなのか。

それは末永自身にも、しかとはわからなかった。

セラフィナの高い声が響く。

「このようにして、カーテルモント聖王国は建国されました」

聖殿は中空にある。そこにファランが飛んでいる。なんだか、ファランって何かに似ているなあ。

――あ、あれだ。鯉《こい》のぼりだ。

五月《さつき》晴れの空に、悠然泰然と泳いでいる鯉のぼりに、ファランの動きが重なるのだ。

「しかし、百年ほど前に、混沌の泉から魔力が漏れ出すというアクシデントが起こりました」

模型は、聖殿の混沌の泉をズームアップする。その泉、魔力の七色に輝くドームに、ぴしっという音とともにヒビが入った。

「混沌の泉から魔力が流れ出してのちは、地脈も弱まり、国は小さくなっていきました」

退いていた山脈がゆっくりと王都に近づいてくる。

うーんと。

末永は必死に考えている。この、混沌の泉とやらが心臓だとしたら、地脈というのは大動脈みたいなものかな。魔力が血液だとして、心臓の動きが悪くなったら、それは当然、血流は滞るよね。国を人間の身体に例えるとしたら、手足の先まで血液が行き届かなくなってしまっているってこと？

「それは……おおごとですね……」

セラフィナは、幼い顔を引き締めた。

「そうなのです。もし、このまま魔力の流出が止まらなければ、神の住まうカーテルモント聖王国は終末を迎えます」

目の前の模型は、崩れゆく王国を模し始めていた。泉のヒビは大きくなる。地脈の先まで魔力が行き届かなくなり、辺境との境目にある山は王城に迫る。辺境近くの村が山に取り込まれ、かつてのように、荒れ地へと姿を変えていく。

あちこちの村に木が生えていた。その葉は緑ではない。墨《すみ》のような、いや、どちらかというと、闇に近い黒色をしていた。

その樹木をセラフィナがズームアップした。不気味な木であった。

「これは、『災いの樹』と呼ばれています。地脈が尽きるとき、この木は出現します」

血が流れなくなるときに起こる現象。まるで、弱った人の身体が、末端から壊疽《えそ》に至るようだ。

ああ、ほんとうに。この国は、この世界は、滅びかけているのだ。

「セラフィナ様は、お小さいのに、すごいですね」

褒め言葉のつもりだったのに、「術法に秀でたお方なのです！」と、黒髪のベルタに怒ったように言われてしまう。「ベルタ、およしなさい」とセラフィナは彼女を制する。

「神子様、いいのです。先代の神官長が突然亡くなられたので、私の後継が早まったのは事実ですから。……――それでは、失礼いたします」

一礼したセラフィナに続いて、神官たちは退出した。

ふにゃあと、身体の力が抜けた。神官たちの威圧感、半端ないって。

リノ様も、そう思っていたのかもしれない。ごそごそと部屋の片隅から出てきた。

「リノ様ー！」

潰さないように用心して、その小さなもふっとした身体を抱きしめる。

「あー、可愛い。あー、慰められる」

安心したら、喉が渇いてきた。なにか飲みたい。

机の上には呼び鈴がある。よく、リーンハルトはこれを鳴らして侍女を呼んでいる。でも、こういうの、慣れてないんだよなあ。執務室から侍女の控え室へ続く扉に手をかけた。

――あれ、開かない。

廊下から行けばいいのか。

扉を開けて、左右を見る。誰もいないのを確認して、廊下に出た。

この、廊下に出たのも何日ぶり？　俺って、立派な引きこもりだよな。そんなことを考えた末永の足の間を、ちょろりんと過ぎた白い影があった。

「嘘。リノ様？」

——私以外には懐かないので、どこかに行くということもないと思います。

そう言ってたじゃない。リーンハルト様、そう言っていたじゃない。信じたのに。そう、信じたのに。リーンハルト様の嘘つきー！

「リノー、リノ様？」

ちょろちょろっと、リノ様は廊下を行く。思ったよりも、ずっと素早い。

やばい。見失ったら、どうしよう。執務室の中でさえ、あれほど巧妙に隠れてしまうリノ様なのだ。この城内かけてのかくれんぼに、勝てる自信はまったくない。

聖獣、ファラン。この国の守護獣。

——やばい。やばい、やばい、やばい。

それに、ふわふわなハリネズミのような、小さなファランのお子様が、どこかに行って無事でいられる保証はない。

——ぜーったいに、逃がしちゃだめだ。それは、だめだ。

末永は両手をかざして、顔を引き攣《つ》らせながら、リノ様に向かっていく。

「リノ様ー、さあ、お部屋に戻りましょうねえ。いい子ですからねえ」

末永はわかっていなかった。猫なで声を出しつつ、なんとかリノを確保しようとしている自分が、どんなに不気味であったか。顔は引き攣っているし、声は不自然に震えているし、足取りはふらついている。

リノ様はさとい動物であった。そして、思った。

──こわい！

なので、ひたすら逃げることにした。

「リノ様、待ってー！」

普段、リノ様は、リーンハルトに言い聞かせられていた。

──決して、この部屋を出てはいけませんよ。この外には人間がたくさんいます。中には、ファランの仔を捕まえ売り飛ばしてしまう不埒者《ふらちもの》がいないとも限りません。

そして、リーンハルトは隙を見せなかったので、リノ様はいい子にしていて、決してやんちゃな真似はしなかった。反して、この人間は、隙だらけだ。

なので、ちょっとだけ、冒険をしてみる気になった。

とは言っても、廊下に出たら帰るつもりだった。なのに。なぜ、自分は逃げているのだ。

過去最長距離を走り続けている気がする。

「リノ様ー、待ってってばー！」

リノ様は止まった。戻る気になったのは、その人間──「ミコドノ」とリーンハルトは言っていた──が座り込んでしまったからだ。はあはあと肩で息をしている。決して悪い人間ではないことは、なんとはなしに感じていた。そして、なによりも、彼からは懐かしい匂いがしていた。

ミコドノが、そっと手を差し出してくる。その手のひらにのっかった。

「よかったー」

ミコドノは、深く息を吐くと、立ち上がった。

「よーしよし、帰ろうねー」

そうだな。もう帰っていいかもしれない。自分の冒険はここで終わりだ。

……そう思ったのに。

なぜ。どうして、部屋の前を通り過ぎる？　しかも、「部屋に帰ったら、少しお昼寝するといいよ。リノ様」などと申しており。

帰る気満々らしいのに、言っていることと、やっていることが違う！

どんどん遠ざかっていくのだが。

リノ様はもがいた。離してくれ。そうしたら、こちらだと道案内ができる。

だが、ミコドノは、必死になって手に力を入れている。そんなに抱きしめたら、苦しいではないか。もしや、ミコドノは悪い人なのか。我を絞め殺そうとしているのか。

ばたばたしていると、はっと気がついて、ミコドノは、手を緩めてくれた。

だが、解放しようとはしない。我をいったい、どこに連れて行く気なのであろう。

途中、幾度も結界を通った。通常であれば、そこでやんわりとミコドノの進軍は止まったろう。だが、あいにくと我がともにいる。我に人の結界は効かぬ。なんなく、たぶん、ミコドノがそうとさえ意識しないうちに越えてしまった。

どこまで行ってしまうのか。

悲観していた我なのだが、そのうちに興味深い香りが漂ってきた。

まずい、ような気がする。末永は願った。

——スマホ。スマホが欲しい。

スマホの地図アプリ。あれがあれば、自分だって、なんとかなるかもしれないのに。記憶だけを頼りに帰還するなんて、ここまで来てしまったら、不可能に近い。砂漠に落とした針を見つけるほどの偶然を頼むしかない。

「なんで、こうなっちゃったのかなあ」

言うともなしに自分が大切に抱えているリノ様に話しかける。リノ様がこちらを向いて、あきれた顔をした気がした。

リノ様を逃がしたのは、自分の失態だ。そして、それは、もしかして、リーンハルト様がひっかぶることになるのではなかろうか。

そう思うと、途中で見かけた警備の騎士や侍女に話しかけるのをためらってしまい、そうこうしているうちに、どんどん自分の部屋から離れてしまったような気がする。もはや、壁の色は薄青ではない。くすんだ灰色になっており、天井も高いアーチ型から平らになっていた。

「もしかして、建物が違うのかな？　いったい、いつから？」

どうして道は、行くときと帰るときでは違うように見えるんだろう。行きでつきあたりを右に曲がったら、帰りはどこかを左に曲がらないといけないって、不条理だよね。

それにしても、この城。どんどん進めちゃう。自分が言うのもなんだけど、こんなに不用心でいいのだろうか。

「階段を上がったら、近道なのでは？」

そして、下りの階段は見つからない。

「こっちの方向だったような気がする」

その直感だけで、ずんずん進んでいく。

「ああ、ようやく下りの階段があった」

リノ様が、ふんふんとピンクの鼻を膨らませたので、末永は聞いた。

「リノ様、どっちに行ったらいいか、わかるかな？」

聖獣なのだ。きっと、言葉は理解しているし、方向だってわかるのに違いない。そう信じて、リノ様の鼻先の向くほうに、向くほうにと進んでいった。

「ほんとにこっち？」

自分が言うのもなんだけど、どんどん離れるような気がする。豪華さがよりいっそう、失われていく。スーパーやコンビニのバックヤードを彷彿《ほうふつ》とさせる雰囲気。

こういう雰囲気、嫌いじゃないけど、でも、絶対に自分の部屋はここらじゃない。

なんか、いい匂いがしてくるんですけど。まさか。

「リノ様。おなかがおすきあそばしているのでは」

リノ様は今朝、ごはんを食べたとリーンハルトは言っていた。

「帰りましょうよ、リノ様。お昼ごはんはお部屋でとりましょう」

お部屋がどこかはわからない。だが、少なくとも、ここでないことだけは末永には痛いほどにわかるのだった。

だが、リノ様は気になるらしい。しきりとこちらに行けという鼻の動かし方をする。腕の中から飛び出してしまいそうで、恐い。ここで離したら、ほんとにどこに行ってしまうかわからない。かといって、ぎゅうっとしたら、潰れちゃうかもわからない。

「どうしようー!」

おろおろしていると、開いた扉からひょいと白い帽子と前掛けをつけた女性が顔を覗かせた。彼女は末永が抱えているリノ様を見ると、驚いたようだった。

「ありゃ、それは、リーンハルト様のとこのファランじゃないか。どうしたんだい、こんな厨房まで」

人のよさそうなおかみさんといった風情《ふぜい》だ。

ほっとして、末永は素直にことの次第を話すことにした。

「リーンハルト様のところから、この子が逃げ出してしまって、追いかけてきたんです」

「おやまあ、それは、ご苦労だったね。ファランには結界がきかないからねえ」

「あ、そうなんですか。なるほど」

どうりで、どこまでも行けてしまうと思った。結界がきかない。だから、不可侵の聖獣っていうんだね。

おかみさんが、引っ込んだかと思うとなにかを持ってきた。鳥かごだ。

「だけど、閉じ込めればいけるから。ウズラの鳥かごだけど、これなら網が密だから逃げられないだろ?」

礼を言って鳥かごを受け取ると、末永はリノ様を、その中に入れようとする。当然ながら、リノ様はいやがって、身をくねらす。思ったよりも、ずっと長くびよんとなって、手の中から逃げてしまいそうになる。逃がしてはならないと、末永の手に力がこもる。

末永は神妙な顔で、リノ様に告げた。

「ごめんね、リノ様。このままだと絞め殺しちゃうかもしれないから、かごに入って下さい」

リノ様に言葉が通じたのだろうか。ぴるっと身を震わせたかと思うと、とたんにおとなしくなり、末永に促されるがまま、鳥かごの中に入っていった。末永は鳥かごに厳重に鍵をかけると、ほうっと息を吐いた。これで一安心だ。

おかみさんが、皿にニンジンらしきものの薄切りを持ってきてくれた。

「食べられそうなものがあったから、持ってきたよ」

「ありがとうございます」

注意深く、その皿を鳥かごの中に入れる。リノ様はフンフンと匂いをかいでいたが、飛びつくようにして食べ始めた。おかみさんと末永は、目を合わせて笑った。

彼女は、しげしげと末永を見ていた。もしかして、自分が神子だって、わかっちゃうかもとドキドキしていたのだが、彼女はこう言った。

「あんた、見かけない顔だねえ」

「新しく入ったんです」

嘘は言っていない、嘘は。

「小さいのにたいへんだねえ」

目を細めて、彼女はそう言う。小さい？　いやいや、自分、もしかしたら、あなたより年上ですよ。立派なおっさんですよ。

そう言いたいのだが、神子の禁忌に引っかかるかもしれないし、この見た目でそう主張しても、おそらくは本気で聞いてもらえないのに違いない。なので、「はあ、まあ」とあいまいに答えておいた。

「おなかはすいてないかい？」

言われてみれば、すいたような気がしないでもない。ここに来てからこんなに歩いたのは、初めてだ。

「こっち、来なよ」

彼女はそう言って、末永を差し招いた。末永はリノ様入りの鳥かごを持って、彼女のあとに続く。

「ここは、騎士団寮の厨房さ」

二十人ほどの女性が、いずれもおかみさん同様、帽子と前掛けをして働いている。

棚にはたくさんの、中には何に使うのか見当がつかない調理器具も並んでいる。ベッド三つ分ぐらいはありそうな木のテーブルが、中央に据えられていて、肉や野菜がごろごろところがっていた。

大きなかまどに大きな鍋。

巨大な天火《オーブン》の中では肉の塊《かたまり》がこんがりと焼かれていて、香ばしい匂いがこちらまで漂ってきた。

おかみさんが、中の人たちに呼ばわった。

「みんなー、リーンハルト様のところの付き人見習いだってよ」

厨房でそう紹介されたので、「付き人見習い」を否定せずに、頭を下げた。

「よろしくお願いします」

厨房の女性たちが、わらわらと寄ってきた。

「へえ、リーンハルト様の？」

「いくつ？」

「どこの出身？」

リノ様入りの鳥かごを抱きしめたまま、末永がうろたえていると、最初に声をかけてくれたおかみさんが、皆を引き離してくれた。

「そんなにいきなり囲んじゃあ、ほら、恐がっているじゃないか」

「ジェンマ、だってリーンハルト様の付き人見習いだよ？　いろいろ、話が聞きたいじゃないか」

このおかみさんは、ジェンマという名前らしい。

「その前に、おなかを満たしてやらないとさ」

そうジェンマが言うと、みなが一斉《いっせい》に同意した。

「そうだ、そうだ。違いない」

「小さい子がおなかすかしているなんて、よくないことだ」

「そうだよ。あんたは、もうちいっと肥らないといけないよ」

ジェンマは揚げ鍋の前にいる人に耳打ちして、やがて丸い揚げ菓子をいくつかとミルクの入った陶器のカップを持って末永のところに戻ってきた。

「さ、お食べ」

自分のこと、いくつだと思っているんだろう。おっさんだとわかってても、こんなに優しくしてくれるかしら。

でも、今、この身体は、ほそっこい、少年のもので。この身体が受ける親切なんだから、いいかなと、その施しにも似た甘みを受け取ることにした。

「いただきます」

その揚げ菓子は、ドーナツに似ていた。ただ、もっとさっくりしている。ヘーゼルナッツのような木の実の香ばしさに、濃いバターと卵の風味、それらがかみしめるごとに甘さとともに口中にふんわり広がり、自分は気づかないうちに最上の笑みを浮かべていた。そのかけらの一つでさえも惜しくて、ついつい、お皿に指を押し付けて、拾ってしまう。

——うー。マナーがなってないって思われちゃったかな？

そう考えてドキドキしつつ、ジェンマを見るが、彼女は決して怒ってはいなかった。むしろ、喜んでいるように思えた。

ほかの厨房の女性たちも、うんうんと皆、うなずいている。お皿におかわりの菓子が盛られる。

ミルクも蜂蜜《はちみつ》で甘く味付けしてあった。甘いものって、いいよね。甘やかされている気持ちになる。

食べ終わって、皿を押しやった。

「ごちそうさまです。すごく、おいしかったです。いっぱい、食べちゃいました」

末永は提案した。

「お礼になにか、お手伝いをさせていただくわけにはいかないでしょうか」

なにかしたい。俺も、役に立ちたい。だって、俺は、おとなだから。前の世界では、そんなことを思うゆとりなんて、なかった。いつもいつも、際限なく仕事はあったから。

ゲーム会社に雇われていて、そりゃあ「アスガルド戦記」は開発終了かもしれないけれど、だからといって仕事がなくなるわけではなかったろう。次にはまたきっと、何か割り振られたはずだ。「あなたにできる仕事はありません」なんて、そんな事態にはならなかったとそれだけは断言できる。

誰の役にも立たないって、とってもつらい。

「お願いです。なにか、させてください」

ジェンマは、当然ながら、ためらっていたし、気が進まないようだった。

「そうは言われてもねー、リーンハルト様がなんとおっしゃるか。あんた、リーンハルト様のところじゃ、どんな仕事をしてるんだい？」

末永は、うつむく。

「それが、まだ。これと言って、なにもできなくて」

半分本当で、半分は嘘。だけど、申し訳ない表情に偽りはない。

「いいんじゃないの」

ジェンマに厨房の女性はそう言った。

「丸芋《まるいも》の皮剝《む》きなら、何人いたっていいんだからさ」

ジェンマもうなずく。

「そうだね。丸芋の皮剝きなら、ぴったりだ。新しく入ってきた子が最初にやる仕事さ」

目の前にドカンと、たとえて言えば、セントバーナードを水浴びさせるくらいの大きさの迫力あるバケツが置かれた。

丸芋とは……——？

首をひねった末永であったが、その中に入っていたのは、「おまえ、ジャガイモだろう、ジャガイモだよね？」と末永が語りかけたくなるフォルムの、とてもよく見知った芋たちだった。

厨房の彼女らと同じ帽子と前掛けを身につけた末永は、手に包丁を持たされ、低い椅子に座らせられる。ぐるりと丸芋の桶《おけ》を囲んで座った各々の傍らには、小さめの桶が二つずつ。

「これをね、剝いたら、こう」

女たちは、くるくると芋の皮を剝くと、皮と剝いた身を別々の桶に入れていく。

彼女たちのあまりの手つきの良さに、これはきっと、包丁を当てれば、くるくるときれいに剝けるようになっているのに違いないと思ったのだが、そうは問屋が卸さなかった。自分の芋だけは、なんか仕掛けがしてあるのではないかと思うほどに、剝きにくい。

違う。ひとえに。

「あんた、下手くそだねえ」

そういうことだ。彼女たちの芋の皮剝きが熟練していて、いとも簡単に見える。ただ、それだけのことなんだ。

「うう。すみません」

めったに料理なんてしなかったから、下手くそにも程がある。でも、ジャガイモの皮ぐらい、剝いたことはあるんだけど。そのときには、もう少しはまともに剝けた気がするんだけど。

そうだ。あのとき、自分にはピーラーという、頼もしい味方があったのだ。末永は聞いてみた。

「ピーラーありませんか？　あれがあれば、もう少しお役に立てると思うんですが」

「ぴいらあ？」

「こういう形で。こう動くんです」

指で空中に、形を描いてみせる。女たちが顔を見合わせていた。

ジェンマが石板を持ってきた。どうやら、白墨で本日の献立とか、運び込んである食料を書きとめておくものらしい。

「ここにあんたの言ってるそれ、描いてみなよ」

言われたので、手を洗ってから、白墨を手にする。さて、ピーラーとは、どんな形であっただろうか？

「えーと、たぶん、こんな形をしていて。ここが固定されていて。この、刃の部分が、細くなっていて、芋の皮を剝けるようになっているのではないかと……」

こんなことなら、もっと詳しく、ピーラーの形を脳裏に刻み込んでおくのだった。もしくは、スマホ。画像検索が今すぐに来い！

「ぴいらあ、ねえ」

「それでですね、ここのところがこういうふうにぴゃーっとむにーっと、動くんです」

そう説明したのだが、女性たちは顔を見合わせている。ここの世界には、ピーラーはないらしい。末永はおとなしく、あきらめることにした。

「……包丁で、やります」

ジェンマが、隣に椅子を持ってくると、顔を近くに寄せて指導してくれた。

「ほら、こう持って」

「こう、ですか？」

「もっと、右手の力を抜いて。包丁は皮にそって滑らす感じで。そうそう。うまい、うまい」

ジェンマの教え方がよかったのか、自分には丸芋の皮剝きの才能が備わっていたのか、次第になめらかに剥けるようになってきた。

――ちょっとだけ、楽しい。

思ってしまった。

最初から神子なんて、分不相応な転生先じゃなくて、こんなふうだったら、気楽でよかったのになあ。そしたら、もっと人にとけ込むことができただろうに。

「あんた、リーンハルト様のところの付き人見習いなんだって？」

さきほどの興味津々《しんしん》な女たちの一人が、そう聞いてきた。今度はジェンマも遮らなかった。

「はい。まだ、見習いにもなれないですけど」

嘘をつくのは心苦しいが、適当なごまかしを重ねる。

「じゃあ、見習い候補ってところかね」

「リーンハルト様は素晴らしいお方だ。あの方にお仕えできるのは、幸せもんだよ」

「そうそう。しっかりやんなさいよ」

言われて、末永はうなずく。

「はい。こんなぼくにも、たいそうお優しくしてくださいます」

本当だよ。当たり散らされても、文句言えない立場なのに、尻を叩くことも、焦らせることもなく、嫌みの一つを口にすることもない。

優しすぎて恐いぐらいだよ。

「とても、人間のできた方です」

「そうなんだよねー！」

うんうんと、皆がうなずいている。

「公爵家の出なのに、偉ぶったりしないもんね」

「どうしたら下々《しもじも》の者が動きやすいか、よくわかってくださっているし」

「ほかの上位貴族とはひと味違うよね」

わいわいと賑《にぎ》やかに話しながらも、彼女たちは、末永の三倍以上の速度でくるくると芋の皮を剝いていく。

「ただ、女の噂《うわさ》は聞かないわよね」

「特定の恋人がいた話も聞かないし」

「よくも悪くも、平等ーって感じ」

そうなんですか、と聞いていたのだが「うん？」と引っかかるものがあった。「平等」って、言ったね？

末永は考える。ということは、リーンハルトは、みんなに「ああ」なのかな？

「副団長のフランコ様は、剣の腕はいいんだよね。リーンハルト様の右腕だし。けどねえ、ほら、あれだから」

「そう、女好きだからねえ」

「花街の遊《あそ》び女《め》が騎士団の訓練場まで押しかけてきたときは、見ものだったねえ」

末永はつぶやく。

「花街……遊び女……」

こっちにもあるんだね。元の世界にいたとき、接待と称して、キラキラのきれいなお姉さんのいる店に連れて行かれたことがある。正直、なにを話していいのかわからなかったなあ。

「リーンハルト様の剣の腕は、騎士団でも群を抜いてるね。魔物の群れを一人で退治したって話だよ」

「なんて言ったって、聖獣ファランから、特別に乞われて幼獣を任されたくらいだ」

「国宝の聖剣バルリスクの遣い手だものね」

うんうん。自分のことみたいに誇らしい。

その幼獣、ファランのリノ様は、今は鳥かごの中で丸くなって眠っている。もしかして、この子にとっても、今日のこれは、けっこうな冒険だったのかもしれない。

「やっぱり、すごい方なんですね」

だんだん手が痛くなってきた。この手は労働には適していないらしく、包丁の柄の形に窪《くぼ》んで、そこが赤くなっていた。だが、末永は決して手を止めなかった。自分のことを苛《いじ》めるみたいに。

リーンハルト様に喜んで欲しいんだ。自分のことをフォローしてくれて、「いらしてくださるだけでいい」とおそらくは本気で言ってくれる、そんな彼に報いたいんだ。

なのに、自分はなんだ。

芋も満足に剝けないじゃないか。

情けない。うんと情けない。

ゲームオタクだった自分。好きな仕事に就けたときは、嬉しかったな。

好きだけじゃだめなの、わかっていたけど。

「アスガルド戦記」が終わってしまったのは、つらかったな。

現実は厳しいよな。いつだって。

「あんた、慣れないと手の皮が剝けるよ。もう、おやめ」

ジェンマが、末永を止めてくれた。

「いいんです」

「よかあないだろ。怪我《けが》でもさせたら、私らがリーンハルト様に怒られちまう。それに何より、悲しむよ。そういうお人じゃないのかい、あの方は」

手を止めた。そう、そうだ。リーンハルトは。

「なにがあったのか知らないけれどさ、元気を出しなよ。また、ここに遊びにおいで。時間があったらね」

そう言ってくれるジェンマが頼もしくて、末永は意地を張るのをやめて、包丁を手放した。

そのときに、のんびりした声がかかった。

「おーい、こんなんでいいのかあ？」

「こっちだよ。こっち」

入ってきた男は、なめし革の前掛けをしている。その前掛けには、いくつもの道具が挟んであった。いかにも職人といった赤銅《しゃくどう》の肌の色と使い込んだ指をしている。その指がつまんでいるものを見て、末永は信じられない思いだった。

「ピーラーだ……」

「まだ、試作品だけどな」

ジェンマが、照れくさそうに言った。

「城内の鍛冶《かじ》職人に頼んでみたのさ。あんた、うちの弟と同じくらいなのに、たいへんそうだからさ」

「いつもは、鎧とか馬具とかを手がけてるんだがな。なかなかおもしろかったよ。こんなんでいいのか？」

そのピーラーで、丸芋を剝いてみる。刃がいい感じに入っていく。茶色の皮が桶の中に落ちていった。

ジェンマや、鍛冶職人さんの、優しさが嬉しい。

「いい感じです！」

へえ、便利だねえと厨房で働いているみなが見に来たので、末永は得意になって芋の皮を剝き続けた。

「へえ、おもしろいねえ。あんた、発明家になったほうがいいんじゃないのかい」

ジェンマに言われて、末永は思う。ほんとに、そうであったら、どんなにかよかったのに。ただの転生者で、例えばフォークとか、スプーンをこの世界に伝えた人みたいだったら、気楽だったのに。

自分がなんとかしないと世界が滅ぶって、何かの冗談みたいだ。壮大すぎて、現実とは思えない。

今でも、ゲームの世界にいるように思える。尽きない、夢の世界に。

「それにしても、いったいどこで、こいつを見たんだい？」

鍛冶職人のおじさんに言われて、末永はたじろぐ。自分が神子であることは、言いたくない。前の世界でのことは、神子の禁忌に引っかかるから、言わないほうがいい。さりとて、嘘を言うのも心苦しい。末永は、ごまかすことにした。

「あ、あの。ぼくのいた……遠くの村、では、こういうのを使って芋を剝いていたんです」

「へー」

「ふーん」

ジェンマ、鍛冶職人のおじさん、二人の視線が痛い。「どこの村か」と聞かれる前に、急いで言う。

「いっそ、自動で剝けるといいのになあ。魔法でなんとかならないもんでしょうか」

ジェンマとおじさんは、あきれたように目を見交わしていた。ジェンマが言った。

「あんた、いくら辺境近くの出身だからって、魔法術師を見たことぐらいあるだろうさ。おいそれとできるもんじゃないんだよ。あたしらみたいに術法の才のない者には、むりな話さ」

才のない者。

その一言が、ぐぐっと末永の心に突き刺さった。そうなんだ。

「術法の才は、生まれつきだからね」

そうだよね。「ないものは、ない」のだ。「そこになかったら、ありませんねー」というのは、某百円ショップでよく聞かれたせりふだけれど、生まれつきで、ないものはない。

「そうですよね。ないものは、しょうがないですもんね」

術法の才っていうのが、どれくらいの割合なのか、わからないけど、少なくとも、この厨房にいる人たちにはないらしい。ないほうが、当たり前なのかな?

自分にも、そんなのが期待されなければよかったのにな。

この人たちは、ふつうに過ごしているのに。

城を抜け出して、ピーラー屋さんになって、一生を過ごしたい。

「だったら、ダニロに頼んでみちゃあ、どうだ?」

鍛冶職人のおじさんが、そう言い始めた。ジェンマも、うんうんとうなずいている。

「そうだね。ダニロだったら、どうせ暇してるんだから」

「ダニロでも、このくらいだったら、できるだろう」

「ああ、じゃあ、あたし、頭痛《あたまいた》の薬をもらいに行こうと思っていたから、呼んでくるよ」

厨房から、ひとりの女性が出て行った。

「ダニロ……さん？」

セラフィナたち以外では、初めて会う魔法術師だ。どんな人なのだろう。あまり、恐くない人だといいな。緊張しながら待っていると、やがてさきほどの女性が、そのダニロを伴って、帰ってきた。

「俺、薬師なんすよ。薬草術が専門であって、便利屋じゃないんだって、何度言えばわかってもらえるんすか」

入ってきたのは、二十歳《はたち》ほどに見える、まだ少年っぽい青年だった。藁《わら》みたいな頭をしている。彼は、あくびをしていて、機嫌が悪そうだった。

服装は神官とは違っていて、シャツとズボンの上に青いチュニックを着用し、革のベルトを数本、しめている。そのベルトには、かつて未永がいた世界での美容師のはさみ入れに似た革袋を下げていた。

「あ……？」

彼のあくびが途中で止まった。まじまじとこちらを見る。

やばい。目をそらすけど、彼の視線は自分の顔を追ってくる。

「まさか。あれ？　リーンハルト様の付き人見習いって、聞いたけど……」

「なんだい、ダニロ。あんたの知り合いかい？」

「あー……知り合いっていうか……あれ？　あれ？」

「こっち。こっちに来て」

末永はダニロを食堂の隅へ引っ張っていった。小声で彼に頼み込む。

「お願い、黙ってて」

「神子？　神子っすよね。付き人見習いなんて、嘘ついて」

むうっとした顔をしている。

「俺、聖殿であんたが降臨したところにいたんですよ。一番後ろだったから、あんたからは見えなかっただろうけど。どうせ、俺はその他大勢ですからね」

末永は聖殿での降臨を思い返す。セラフィナ様とか、王様とか、リーンハルト様とかいたのは覚えているけれど、あとは「ここどこ？」の衝撃に霞んでいた。

「……ごめん……」

ダニロは、ぷりぷりしていたが、「これに刻めばいいんですか？」とできたてのピーラーを手にしている。やることはやってくれるらしい。存外にいいやつなんじゃないかって気がする。

「召喚の儀式って、そんなにたいへんだったんだ」

「そうっすよ。一週間、聖殿にこもって。最後の三日は、ほとんど飲まず食わず寝ずで詠唱して。今は、そのときに溜《た》まった仕事でみんな大わらわです」

末永はぺこりと頭を下げる。

「お疲れ様です……」

「他人《ひと》ごとか！」

ダニロは素早く突っ込みを入れてきた。

「いいですか。俺なんて、下っ端も下っ端。本来、騎士団寮の薬師であって、神殿づきじゃないんです。たまたま少し術法が見えるからってだけで、強制参加させられたんですよ。なのに、やってきた神子が、魔法を使えないのみならず、こんなところで丸芋の皮剝いてるなんて、ありえねー」

口が悪いなあ。でも、言っていることは、このうえなく明解だ。合っている。

「ほんとに、そうだよね。……ごめんね」

しゅんとする末永に、ダニロは、それ以上は責めなかった。

「まあ、いきなり呼ばれたほうも、たまったもんじゃないっすよね」

そう言うと、ダニロはピーラーを手にして、「へえ」と感心した。子細に観察している。

「ダニロ。神子をもう一人、呼ぶわけにはいかないのかな」

「あんた、自分がなにをして欲しくて呼ばれたのか、聞いてないんですか？」

「混沌の泉が損傷して、中の魔力が漏れてるんだよね」

「そうです。それでですね。神子召喚の儀式には、多大な魔力が必要とされるんですよ」

「……て、ことは」

そうか。これ以上、神子を呼べないんだ。

それなのに、はずれ神子。

ガチャで言えば、限定チケットで爆死。

「重ねて……申し訳ない……」

「そう思うなら、なんとかしてくださいよ。リーンハルト様のお立場だってあるし」

なんで、ここで、リーンハルトの名前が？

クエスチョンマークを頭にくっつけたまま、ダニロを見る。

「このままでは国中の地脈から魔力が尽きて、しまいには人が住めなくなってしまうと、リーンハルト様がマローネ公爵の反対を押し切って、王に神子を呼ぶように進言したんですよ。あんたがはずれ神子だったら、リーンハルト様の立つ瀬がないでしょ。騎士団長を辞めさせられる可能性だってありますよ」

「だめだ、そんなの」

皆に優しいリーンハルト。自分によくしてくれたリーンハルト。ＳＳＲ騎士。

それが、小憎《こにく》たらしい――よく見えなかったけど――公爵にやり込められてしまう。騎士団長を辞めさせられてしまう。

自分のせいで。

ずーんと、末永はさらに落ち込んだ。

「軽く『できません』『見えません』と言ってしまったけど、ことはもっと重大なんだね」

「そうっすよ。末端から国があかんことになってますからね。あの混沌の泉を修復しないと、まじやばいです」

そう言いつつ、ダニロはピーラーに指を当てる。指を空中に滑らせ、なにか書き込んでいる。それから丸芋にピーラーを当てた。芋の皮が自動で剝けていく。

「すごいなあ」

末永は、尊敬のまなざしでダニロを見る。ダニロは照れたように言った。

「へへん。まあ、こんなの序の口っすよ」

その序の口にさえ、自分には辿《たど》り着けないのだ。

「うーん。もうちょっと、薄くできねえかな」

ダニロは、芋の皮の厚さを測りながら、空中でしきりと指を動かす。数値もしくは記号を書き込んでいるらしい。ピーラーを見ながら、調整している。

「丸芋は形がいろいろだからなあ。芽の部分が難しいなあ」

そう、ダニロは言っている。

「ダニロは、薬師としての才能もあって、術法も見えるんだね」

「え、なんですか。目つきがマジすぎて、恐いんですけど」

「だって……」

そのとき、ひょいっと茶色の髪の男性が厨房を覗きこんだ。若干垂れ目だが、それがほんの少し崩れた色香になっている。なにげにモテそうな男だった。青い詰め襟の服を着ている。

リーンハルトは同じ形でも服の色が紺なのは、おそらく騎士団長だからだろう。

わっと、厨房内が色めき立つ。

「フランコ様？」

「フランコ様がどうしてここに？」

彼が言う。

「ごめーん。俺、人を探してるんだけど」

末永は思い出していた。フランコってさっき聞いたな。そっか、騎士団の副団長さんだ。

「人？　どんなんだい？」

「黒髪で、緑の目。上品な印象の、きゃしゃな男の子」

ジェンマやダニロ含めて、厨房にいたみなの視線が自分に集中する。

フランコがこちらを見た。目が合ったので、立ち上がってお辞儀をする。

「お？」

フランコは、しきりとうなずいている。

「なるほど」

……って、なにが「なるほど」なんだろう？

フランコは、くるっと振り返ると、廊下の奥に向かって叫んだ。

「おーい、リーンハルト、こっちにいたぞ！」

疾風《はやて》のように、リーンハルトが飛び込んできた。彼は厳しい顔をしていた。末永に向かって一直線に歩を進めてくる。

ふれられるほど近くに来ると、ようやく彼は、末永を呼んだ。

「神子殿！」

彼の呼びかけに、厨房がざわつく。ダニロが「あちゃあ」という顔をしていた。

「え、神子？　あたしゃ、付き人見習いかと思って」

「神子って救世の神子？」

「それが、なんだって厨房に？」

どうしてリーンハルトはこんなにあせっているのだろう。俺が「はずれ神子」で、泉の修復なんてできないことは知っているのに。

ああ、そうか。俺がリノ様を連れ出してしまったからか。末永は立ち上がると、リノ様が眠っておられるウズラの鳥かごをそっと持ち上げた。

「リーンハルト様。申し訳ありません。リノ様を連れ出してしまいました」

「神子殿」

がしっと末永の両肩を、リーンハルトは摑んだ。手から鳥かごを落としそうになり、両手で持ち直す。リーンハルトは顔を伏せていた。彼の身体が激情に震えている。やがて、感情を必死に殺して、顔を上げる。彼の真剣な眼差《まなざ》しに射抜かれ、どきんとする。

「お探し、しました」

自分を、探して？　いやいや、探していたのはリノ様。そして、この人は平等に優しい。なんと言ったって、ＳＳR騎士様なのだから。

「もしや、元の世界に帰られたのかと思いました」

「リーンハルト様……」

どこに帰るというのだろう。自分は、元の世界ではもう……。

直前で魂《たましい》は狭間に導かれたけれど、肉体のほうはトラックにひかれてしまったのだろうな。痛いのを感じなくて、それだけは神様に感謝だ。

ぶるぶると頭を振った。

「ここにいますよ。ぼく」

俺、末永裕彰に帰るところなんて、ないのだ。

それなのに、この人はこんなにも必死に自分のことを探してくれていた。

もちろん、末永は救世の神子としてこの世界に降臨している。そして、ダニロから聞いたことが正しければ、末永を呼んだ責任のいくばくかがリーンハルトにある。いなくなったら、困るだろう。

だが、それを差し置いてもリーンハルトは優しい。その気持ちが嬉しい。

じゅわーっと染みてきてしまう。

——いい人だなあ。

このひとって、ほんとに、見た目が麗《うるわ》しく、声がよくて、強いだけじゃなくて、優しくて、思いやりがあるんだなあ。

末永は謝罪した。

「部屋から無断でいなくなってしまって、ごめんなさい。リノ様が外に出たのを追いかけたら、帰れなくなってしまって」

「帰れなくなった?」

リーンハルトは面食らったような顔をしている。

「はい。迷ったら、ここまで辿り着いたんです」

「迷って、ここに?」

リーンハルトが、目をまん丸にしている。

なかなかレアな光景だ。こちらに来てから、もっとも素の感情をあらわにしている顔だといえよう。

「なぜ……どうして……」

解せないというように、繰り返す。

どうしてなのか。それを知りたいのは自分のほうだ。目をそらしつつ、言い訳する。

「性分っていうか。昔から、わりと。そういうところがありまして。気がつくと知らないところにいるんですよね」

そういえば、前回の生の最後も、迷って終わったんだったなあ。

「あの。失礼ながら。神子は、かつてはどのように対処していらしたんですか」

禁忌にふれるからだろう、リーンハルトが、こわごわというように聞いてくる。

「スマホ……って、こう、動く地図みたいなものがあって、自分の居場所がわかったんです。それを見てさえ、たまに迷ったんですけどね」

たまにというのは嘘だった。半分は迷っていた。

ダニロが脇で「それは、ないわー」と小さくつぶやいたのが聞こえた。彼を見ると、「やべ」というようにあわてて澄ましたのがおかしい。

リーンハルトは、渋い顔になってる。

「万が一なにかあってはと、ところどころに結界があったはずなのですが、どのように乗り越えたのですか。もしや、術法を解読して……」

そうだったら、よかったんだけど。

俺には、いったいどこに結界とやらが張ってあったのかも、まるでわからなかったんです。

ダニロが片手を上げた。

「リーンハルト様。発言をお許し願えますか」

「どうぞ、ダニロ」

なんか、先生に対するみたい。リーンハルトが自分にていねいに接してくれているから、忘れそうになっているけれど、ここって階級社会なんだなあ。

「リーンハルト様。ファランには、結界は無効でございます」

ダニロにそう言われて、リーンハルトは額《ひたい》に手を当てる。

「そうでした。魔法には疎《うと》くて忘れていました。私としたことが」

「ですよね。神子とファランが共謀するなんて、考えないですからね」

「リノは神子殿に懐いていたのでしたね」

懐いていたというよりは、からかわれていたような気がするが。

リーンハルトはふうと深くため息をつく。

「神子殿。このようなことが何度もあったら、私の心臓がもちません」

ひー。顔と声がいい。こっちの心臓が縮み上がってもたないよ。

そして、彼は、はっと気がついたように、末永の手をとった。

すごく大切な、壊れやすいもののように。

めちゃくちゃ、自分が尊いものになった気がした。いや、俺、「はずれ神子」なのに。神様の手違いなのに。こんなの、とんだ勘違いなのに。

「神子のお手は生まれたてのように柔らかいのに。このように、赤くなって」

そう言って、手をさすってくれる。リーンハルトの手は、その華麗な美貌《びぼう》とは異なり、節の目立つ、実直な手だった。いつも、剣を握っている手。

この人は、ほんとに騎士なんだなあ。

平等な、リーンハルト。こんな振る舞いも、きっとほかの人にもしているんだよね。自分だけじゃない。

だが、周囲が息を詰めているのを感じた。

——あ、あれ？

なんか。ご婦人方がため息をついているし、フランコさんはあきれているし、ダニロは目を剝いている。

もしかして、自分に対してだけ、格別に甘いのって、勘違いじゃなかったってこと？

——う、うわあ。

そうなの？　そうだったの？

いけない。気がついてしまったら、どんどん、どんどん、勝手に顔が赤らんでくる。

――あああああっっ‼

「神子殿。お顔が赤いです。熱がおありですか」

「違います。違います」

その、素晴らしく美しい顔を近づけられると、顔を覆ってしまいたくなる。

いや、落ちつこう。落ちつくんだ、俺。

こっちの世界で、今のところ、頼れる人間はリーンハルトだけなのだ。ほかの人とは、ちょっぴり言葉を交わした程度だ。いちいち、赤くなったり、動揺していたりしたら、身がもたない。

たとえ、どんなにリーンハルトが美形で麗しいとしても。

「お部屋に戻られますか。神子殿」

「……」

末永は厨房を見回した。ジェンマやほかの女性たちは、唖然《あぜん》としているように見えた。いつでも来ていいと言ってくれたけれど、神子の自分はここにはふさわしくないだろう。

せっかく、少し、なじんだのにな。

ちょっとだけ、ここの住人になれた気がしたのにな。

末永は、深々とお辞儀をして、胸にリノ様入りのウズラの鳥かごを持って、厨房をあとにした。

■08　フランコの部屋　丸芋の感想

その晩も、リーンハルトはフランコの部屋を訪れていた。リーンハルトはほぼ一方的にフランコに向かって、神子の素晴らしさを語る。

「どうだ、フランコ。私の神子殿は、愛らしかっただろう？」

「そうね。そうかな。あの年齢の割には落ちついていて、自分の立場をよくわかっている感じだったたな」

「神子殿は、奥ゆかしいのだ」

「うん、なるほど？」

感に堪《た》えないというように、リーンハルトはため息混じりに語った。

「神子の剝いた丸芋のシチューは、尊い味がした」

「うん、俺も食堂で食ったよ。ふつうにおいしかったね」

淡々と返す。

昼間、厨房で見かけた神子のことを思い出す。さらさらした、黒い髪。生まれたてのような、柔らかな白い肌と、まだこの世界になじめていないような、ほんの少しのおびえと「ここにいてもいいのか」という戸惑いの見えている緑の瞳。

あれが演技ではないのだとしたら、リーンハルトが「こいつは、どうしてしまったんだ」と戸惑うくらいに、神子に思い入れているのも納得してしまう。

「でもさ、俺たちは、神子に芋の皮を剝いて欲しくて呼んだんじゃないからね」

「芋の皮を剝くのも、立派な仕事だ」

「そうだけど、それは、厨房の料理人の領分だろ。俺たちが期待しているのは、そうじゃない」

「そうだな……」

ふっと、リーンハルトは言った。

「神子は、今日は、厨房でおそらく楽しかったのだろう。戻るときに、しょげていた。もし、できるなら、解放してやりたいとさえ思ってしまった」

なに言ってんの。なに言っちゃってんの？

「おまえ、本気じゃないよな」

リーンハルトはうっすらと笑みを浮かべた。こちらの肝を冷えさせるには充分な笑みだった。

「おまえ、正気か？」

「市井に紛れた神子は、初めてじゃない。何人もいた」

そうだ、神子のつとめをやり遂げることができず、市井に紛れた神子は何人もいた。でも、それで混沌の泉が涸《か》れたわけじゃない。この世界が終わったわけじゃない。

混沌の泉の修復。それは、このカーテルモント聖王国始まって以来、最も深刻な「神子のつとめ」だった。もし、この国から魔力がなくなったら、人間は辺境に落ち、神の恵みは絶え、野人となる。そのときに、生き残るのは難しいだろう。なんと言っても、この魔力と文明とやらに、自分たちは存分に甘やかされてきたのだ。今さら、野人になれと言われても、むりだ。

虫が食えるか？

鎧竜に素手で立ち向かえるか？

水といえば、たまに降るスコールの溜め水のみで、風呂に入ることはできず、火さえも満足に扱うことができない。そんな暮らしが俺たちカーテルモント聖王国の住人に可能か？

「それに、神子がおまえの言うような性格なら、己が逃げることによってこの世界が破滅してしまったら、どんなに後悔することか」

そう言うと、リーンハルトはふっと力を抜いた。

「それなんだ。だから……――神子を解放してやることはできない」

目の前がクラクラするくらい、安堵《あんど》した。こいつは、馬鹿じゃない。それくらいは、わかっている。

「だが、急ぎたくない。神子はまだ、この世界に生まれたばかりなのだ」

「わかるけどさ、時間は、思ったよりないかもしれないからな。末世教《まっせきょう》のことは、聞いてるだろ？」

末世教とは、ここ最近、城下町でよく見かけるようになった集団だ。

「ああ、聞いている。十年前はほんの少数だったらしいが、ここ数年、信者を増やし、力をつけているらしいな」

よく「末世が来る」と言いながら、練り歩いている。ときには通行の邪魔になって自警団や騎士団が出ることさえあった。

「リーンハルト。その末世教な、もしかしたら、城内にも信者がいるかもしれないぞ」

「城内に？」

「ん……。まあ、これは、まだ推測に過ぎないんだが。……なあ、リーンハルト。もう、寝てもいいか？」

「時間を取ってすまなかったな、フランコ。俺は、帰って、神子を守らねば」

「ああ、はいはい」

そそくさとリーンハルトはフランコの部屋を出てゆく。

リーンハルトの大切な神子。

それは、この世界を救ってくれるのか。どうなのか。

「俺は、俗人だからな。神子が使えるかどうか。気になるのは、それだけだよ」

そう、フランコは独り言を口にしたのだった。

■09　神子と騎士の寺院詣で

翌朝。

リーンハルトと朝食をとりながら、末永は彼のほうをうかがっていた。

リーンハルトは、夜中に、部屋を出て行った。どこに行ったのだろう。とても気になったけれど、自分の部屋には鍵がかけられていて、あとをつけることはできなかった。

——鍵とか。

なんだよ。軟禁状態じゃん、と言いたいところだが、昨日の昼間に迷子になったとき、リーンハルトにどれだけ探させたかを思うと、しょうがないと思ってしまう。

昨晩、リーンハルトは、ほどなく帰ってきた。どこに行ったのか。気になる。気になってしまう。

「あの」

言い出しかけたのだが、「はい、なんでしょう、神子殿」と微笑み返され、毒気を抜かれてしまう。

えーっと、話しかけたのは自分なんだから、なにか話題を作らねば。話題、話題。そうだ。そういえば、気になっていることがあった。

「こちらに来るときに、神様に会った気がするんです」

これは、「神子の禁忌」に、ぎりぎり引っかからないよな。

このカーテルモント聖王国には、たくさんの神様がいるのだとリーンハルトは言っていた。そのときから、もしかして、自分が会った神様もその中にいるのではないかと予測していた。

リーンハルトは「どのような方でしたか？」と聞いてきた。

末永は必死にそのときの神様の様子を思い出す。

「小さな、おじいさんでした。このくらいの。それで、ひげが長くて床まで垂れてました。手には、糸巻きを持ってました」

自分で言っておきながら、こんな奇天烈《きてれつ》な体験を信じてもらえるかと訝《いぶか》ったのだが、リーンハルトはうなずくと、嬉しそうに応じた。

「糸巻きはガヴィーノ様の聖具です。間違いなく、それは糸と縁《えにし》の神、聖ガヴィーノ様ですね」

そうだったんだ。ほんとにいるんだ。幻じゃなかったんだ。

「その神様は、聖殿に祀られているんでしょうか」

「聖ガヴィーノ様の寺院は、町にあります」

そう、リーンハルトが教えてくれた。

「あそこのバルコニーからも見ることができますよ。右手奥にある、緑の丸屋根の寺院です」

「寺院に行けば、その、ガヴィーノ様にお目にかかれるのでしょうか」

リーンハルトは首をかしげる。

「さあ、どうでしょうか」

そうだよね。前の世界でも、神社仏閣は多々あったけれど、神様や仏様がほいほい出てくるわけじゃなかったもの。ここでも、同じだよね。

「なんといっても、神子殿は神々の申し子、寺院で祈れば届くかもしれませんよ」

どきんとした。

「そう、でしょうか」

もし、そうなら。自分が祈るべきは、ここに来た使命、本来のお役目を果たすことに関してではないだろうか。

末永はうつむいて考えていた。

そして、一つの決心をする。

――リセマラ。

うん、これが、一番いい。

末永は、顔を上げると、リーンハルトにねだった。

「ぼく、聖ガヴィーノ寺院に、行きたいです。地図を描いていただけないでしょうか」

末永がこの世界に転生してきてから、こんなに強く己の意志を告げたことはなかった。リーンハルトは、末永の積極性に驚いたようだったが、力強く賛成してくれた。

「寺院にお参りするのは、感心なことですね。ぜひ、参られるといいでしょう。私も同行させていただきます」

末永は両手を前にして、ぶんぶんと首を横に振る。

「とんでもない。一人で行けますよ」

おや、というように、少しだけ、からかうような口調で、リーンハルトは言った。

「神子殿。町は、城よりずっと広いうえに道が入り組んでおります。初めて行かれる町で、目的の場所に辿り着けますか？」

——自信、ない。

「……うう……」

「市中には馬車や、ときには早馬も駆けております。道を気にするあまり、ぶつかる危険もありましょう」

——どうして、トラックとぶつかったこと、知ってるの？

「……えーと……」

「神子殿は言葉は堪能《たんのう》でいらっしゃいますが、なにせ華奢《きゃしゃ》でお可愛らしい風貌《ふうぼう》をなさっておられます。かどわかされたら、我が身を守ることは難しいと存じます」

そんなに可愛くないもん。ただ、非力なのは認めよう。

元から鍛えているほうではなかったが、こっちに来てからの非力っぷりは、憂慮してあまりあるものがある。神子召喚の儀式のときも、あの厨房にいたときも、自分が腕相撲で勝てそうな相手は、かろうじてセラフィナくらいのものだった。それでさえ、ちょっぴりあやしい。

迷子になるよー。車にぶつかるよー。さらわれちゃうよー。

こうまで言われると、まったく自信がない。末永はしかたなく、しょんぼりと告げた。

「でも、同行していただくとなると、リーンハルト様にご迷惑がかかってしまいます」

リーンハルトは騎士団長だ。そちらの仕事だけでも忙しいだろうに、これ以上、時間を割いてもらうのは、あまりにも心苦しい。

しかも、これは、自分の完全なるわがままゆえだというのに。

リーンハルトの表情がぱっと輝いた。末永が自分を連れて行くと確信したからだろう。彼は、嬉々《きき》として言った。

「神子殿はどうかお気になさらずに。私は、王より任命された、あなた付きの騎士なのですから。むしろ、あなたの町行きの警護をする名誉をお与えくださいまして、光栄です」

「……じゃあ……」

いいかな。いいのかな。頼もしいしな。

リーンハルトはなにがあっても、末永を守ってくれる。そう信じている。

いいか。うん。

これが、最後、なのだし。

「……よろしくお願いします」

そう言って、末永はリーンハルトに頭を下げた。

■10　聖ガヴィーノ寺院の門前

城の裏口に、リーンハルトと末永は、いた。

リーンハルトは片手剣を帯びてはいるものの、ブーツにシャツ、紺のベストという砕けた格好をしている。

末永は思う。

――いつも制服姿か部屋着姿だから、新鮮……。

そして、どんな服装をしていても、リーンハルトは誰よりもかっこいいと見蕩《みと》れてしまう。

かくいう末永はいつものように赤いチュニックにブーツだった。

いいおうちの坊ちゃんがお忍びで寺院に行く。そして、リーンハルトはその用心棒という設定だった。

町までは地味な黒い馬車で下りていった。馬車が止まると、リーンハルトが先に降り、手を差し出してくる。その手に自らの手を添えながら「俺、あたりまえみたいに助けてもらっている」ことに、少々衝撃を受ける末永であった。

——俺、おっさんなのにー！

「ありがとうございます」

礼を言って、手をほどこうとしたのに、リーンハルトは逆に手をしっかりと繋いできた。

「神子殿。このまま、参りましょう」

——もしかして、これって、この世界では普通でありがちな……

ことじゃないですよね。ここは、馬車の待合所みたいなところだけど、手を繋いでいるのは、小さな子どもとその親だけだ。

「そ、そんな。子どもじゃあるまいし。ちゃんと、隣にいますから」

「城内で迷子になる方にそう言われても、安心できません」

信用がない。信用に足る実績もない。

厳しい顔で言われてしまうと、ふりほどく気になれない。

「はい」

大人しく手を握られていることにする。

——うう、人目が気になるよう。

リーンハルトと末永を、人がチラチラと見ていく。

リーンハルトは堂々としている。見るなら見ればいいと言わんばかりだ。

——リーンハルトは気にならないんだなあ。

じゃあ、自分も堂々としていよう。そうしていたら、次第に末永も慣れてきてしまった。「お坊ちゃんと用心棒」で、お坊ちゃんは箱入りだから、しょうがないのだ。そうなのだ。

——自分の身長はどのくらいなんだろう。

百六十はあると思いたい。それに対して、リーンハルトは百八十五センチを超えているだろう。そして、その大部分は長い足なのだ。

いつもは、二人とも椅子に座っていたり、リーンハルトが屈んでくれていたり、ときには抱き上げられていたりしているから、そこまで気にならなかったのだけれど、こうして横に並んで歩いていると、歩幅がまるで違う。リーンハルトはこちらに合わせてくれているのだが、土佐犬に繋がれて併走するチワワみたいになっている。時折、心持ち早歩きになって調整する。

だが、決していやじゃない。

繋いだ手からは、リーンハルトが自分のことを案じていることが伝わってきて、ちょっといい気分になる。同時に、この人に申し訳ない気持ちにもなる。

あと少しの時間、ともに過ごせることがうれしい。

この人がいたおかげで、自分は、どんなに慰められたことだろう。

振り返ってみて、末永は足を止めた。王城が小高い丘の上にある。城に囲まれるようにして巨木というにも大きな、雲に届かんとする幹が天に向かって伸び、頂上付近で手のひらのように開いている。

「あれが、混沌の泉……？」

「そうです。神子は、あの聖殿に降臨されたのです」

「降臨とか言われても、ただ、運ばれてきただけなので」

数頭のファランが聖殿付近、高くを舞っていた。

「神子殿、こちらですよ」

促されて手を引かれる。ぼーっと上を見ている自分は、人の邪魔になっていた。

大通りには人が多く、両側の店も大きくて立派だ。看板が鎧だったり、チーズだったり、肉だったりするので、一目でなんの店かわかる。

防具だったら防具、食べ物だったら食べ物と、同じ系統の店が一カ所に固まっているのがおもしろかった。

聖ガヴィーノ寺院は大通りの正面、つきあたりにあった。丸い屋根が特徴的で、階段を上った先にある。すでに、たくさんの老若男女が並んでいた。列は壁にそってきちんと形成され、折れて一本向こうの通りにまで伸びていた。

リーンハルトが言った。

「神子殿。お望みであれば、御幸門《みゆきもん》から入ることも可能です。神子殿のおなりとなれば、喜んで門が開かれることでしょう」

「とんでもないです。この列の最後に、みなさんと並びますよ」

ふふっと、リーンハルトは微笑んだ。

「そうおっしゃると思いました。神子殿は慎ましい方だ」

――うう。

ずきずきとちょっぴり罪悪感に囚われる。

――リーンハルト様。この列に並んで待ちたい、一番大きな理由は、あなたなんです。あなたとできるだけ長くいたいからです。どんなSSRよりも抜群に凜々しいあなたを見ていたいからです。……なんて、そんなミーハー丸出しなことを言ったら、がっかりされちゃうかなあ。

そう思いつつ、列をたどっていく。角を曲がってしばらく行ったところに、列の最後があった。そこに並んでいると、ひっきりなしに物売りがやってきた。

ここにいる限りは客は逃げない。なかなかめざとい商売の仕方だ。

「どうだい、坊ちゃんがつらくないかい。傘を差しておくよ」

「だんな。わっちが坊ちゃんたちのかわりに並びますよ。なーに、たったの五百銅貨だ」

「椅子をお貸ししますよ。一銀貨でいかがです」

片側は聖ガヴィーノ寺院の壁だが、もう片方は道になっていて、たくさんの店が並んでいた。

末永は、店先にある糸巻きを指さして、「あれは、なんですか？」とリーンハルトに聞いた。

「ガヴィーノ様ゆかりの糸巻き、ようはお土産《みやげ》のお守りです。糸の色によって、意味が違うんです」

水晶玉が飾られている店が気になる。

「あそこの店はなんでしょう」

「占いの店です」

水晶玉が占いの象徴なのは、日本もここも同じらしい。フクロウを模した看板の店もある。

「あっちは？」

「まじない師の店です」

占いとまじないの違いはどこにあるのかと、末永は考える。

呪われたりするのでなければ、見に行ってみたい。そわそわしていると、リーンハルトにいなされた。

「寄るのはいいですが、帰りにしましょうね」

そう言って、リーンハルトがぎゅっと手を握ってきた。

信用ないなあ。まあ、無理もないけど。

でも、もしかしたら、帰りはないかもしれないのにな。

リーンハルトは、末永が退屈していると思ったのだろう。聖ガヴィーノ様について話してくれた。

「ガヴィーノ様は、糸と縁の神です。ここに並んでいる人は、みな、縁《えん》を求めてこの寺院にやってくるのですよ」

「縁ですか」

そういえば、元いた日本でも縁結びの神様はメジャーであった気がする。

「大切ですもんね。ご縁」

「そうです。よいギルドや、主君。そして、なにより恋人」

「恋人……」

今まで、末永は恋人がいたことはない。ひたすらに、仕事だけをしてきた人生だった。

「恋人がいるって、どんな感じなんだろう……」

想像ができない。

ちらっと隣のリーンハルトを見上げる。

ふっと、思った。

リーンハルトは恋をしたことがあるのだろうか。その人との縁を願ったことがあるのだろうか。

——リーンハルトは、ここで恋の成就をお願いしたことはあるんですか？

そう、軽く言えばよかったのに、それを問いただすことは胸がつかえてできなかった。

なんでだろう。不遜《ふそん》だから？

かわりに、「リーンハルト様は、公爵家の出だと聞きました。どうして騎士になったのですか？　憧れていたんですか？」と聞いた。リーンハルトは、まぶしい笑顔をこちらに向けてくれる。

「いえ。小さいときには、父の跡を継ぐものだとばかり思っていました」

跡を継ぐって、公爵になるって意味だよね。

「それが、どうして騎士に？」

「父が突然病に倒れたことがきっかけでしょうか。まだ若かった父は、爵位継承の届けをしないままに亡くなりました。祖父は、父と母との結婚を快く思っていませんでしたからね。あのままでは、わが家は廃嫡になるところだったのです」

昔の日本でも、駆け落ちしたら家がなくなるとかあったらしいのだけれど、その、もっとおおぎょうなバージョンなんだろうか。

「私の母方の祖母が国王の乳母をしておりましてね。そのつてで、祖母が爵位継承を嘆願してくれたんです。国王は祖母の人柄を見込んでくださっていましたから、祖父に取りなしてくれ、無事に爵位継承が認められました。母や妹や弟たちが、路頭に迷わなくて済んだのは、国王陛下のおかげです」

リーンハルトはやや苦みを伴った思い出し笑いをした。

「祖父も、いったん言い出したことに引っ込みがつかなくなっていたのでしょうね。私の弟に爵位を譲ってからは、隠居暮らしを満喫していましたよ」

「おじいさまは今は？」

「三年前に亡くなりました」

リーンハルトは続けた。

「領主がいなくなれば、その地はすたれます。うちの家族のことだけではすみません。農園に働く者、厩番《うまやばん》から料理人、領地内で働くすべての者が胸を撫《な》で下ろしました。そのときに、私は国王陛下に忠誠を誓ったのです。このご恩を剣で返そうと。なので、貴族としてではなく、一騎士見習いとして入団したのです」

つまり、リーンハルトは警察で言えば、キャリア組じゃなくて、たたき上げなんだね。

「でも、今は、騎士団長なのですよね。優秀なんですね」

そう言うと、リーンハルトは、少しだけ困ったような表情をした。

今は、それ以上は語りたくない。まだ、ふれられたくない、そんな顔だった。なので、末永は、話を変えた。

「リノ様は、どのようにしてリーンハルト様のところに来たんですか」

お話のコウノトリみたいに、口に包みを持って、運んで来たんだろうか。

「私がまだ騎士団長ではなく、騎士団の訓練場で、剣の鍛錬に励んでいた頃です。聖殿の天井に巣を作っていたファランのつがいが三つ子を産んだのです。ファランはふつうは、双子を産みます。父親と母親がおのおの一頭の仔を連れて飛び、守り育てるのですが、三頭目は連れていけません。あるとき、母ファランが仔を、まだ訓練場にいた私のところに連れて来たのです」

あの大きな獣が地上に降りてきたとなったら、あたりは大騒ぎになったことだろう。

「リノというのは、リーンハルト様がつけられたのですか。よい名前ですね」

「いいえ。リノというのが、頭の中に響いてきて、きっとこの子の名前なのだろうと思いました。ごくまれなのですが、私にはファランの考えがわかるときがあるのです。そして、ファランを守り育てるため、国王陛下より聖剣バルリスクを託されました。リノは、最初はこれほどの大きさでしたよ」

そう言って、リーンハルトは、あいているほうの手の人差し指と親指で五センチほどの大きさを作る。

「きゅうきゅうと鳴いて、ミルクを欲しがるので、訓練のときも胸に抱きかかえて授乳してやったものです。私以外にまったく懐かなかったので、たいへんでした」

末永は想像した。よしよしと小さなリノ様にミルクをやっているリーンハルト。寝不足になって、ときには朦朧《もうろう》としながらも、ミルクをやっているリーンハルト。

「目に浮かぶようです」

優しいのだな。口元が緩む。

「リノ様は何歳なのですか」

「今度の秋で、十歳になります。ファランはなかなか生まれない代わりに、とても長く生きます」

「そういうところ、前いたところと同じですね。大きい動物ほど、長く生きる……」

言ってしまってから、そっと、リーンハルトの顔色を窺う。

「もしかして、これも、『神子の禁忌』に引っかかりますか」

リーンハルトは苦い顔をして言う。

「そのくらいなら、おそらくは大事《だいじ》ないと存じます」

「あの、『神子の禁忌』ってどのようなものなのですか？　差し支えない範囲で聞いてもいいですか」

真剣な顔で、リーンハルトが言った。

「『神子の禁忌』があるのは、『帰らずの病』にかかるからです」

帰らずの病？

なに、それ？

「かつて、ある神子がこのカーテルモント聖王国に召喚されました。はるか昔のことです。若い女性の神子でしたので、仮に『姫神子《ひめ》』としましょうか。姫神子は、前の世界にたいそう未練があったようで、そのことをよく話しておりました。彼女の世話係の侍女は、よく相手をしてやったそうです」

きっと、その侍女には悪意なんて、まったくなかったんだろうなあ。寂しい神子の話し相手になってやった彼女のことを、末永は咎める気になれない。

そこにあったのは、思いやりであり、長旅をして救世のためにこの世界に来た彼女への慰《い》撫《ぶ》だ。

「最初のうちは、神子はたいへん楽しそうに、元いたところを語られていたと言われています。しかし、話せば話すほど、そこにはもう戻ることができないことに思い至り、悩んだのでしょう。あるときに、まずいことが起こりました。神子のお心が、この世から失われてしまったのです」

「心が、失われた……」

心が失われたというのは、どういうことなのだろう。

「神子のお身体はそのままなのに、お心が離れてしまったのです。姫神子の魂は、元いたところに帰られたとも、この世と神世との境でさまよっているとも伝えられております」

帰る。

「それ以降、神子に元いたところの話を聞くのは、禁忌とされております」

その、彼女は帰ることができたんだろうか。帰る場所があったんだろうか。今の自分には、戻るところすらないんだけど。

「この世界では、人は死んだらどうなると伝えられているのですか」

「狭間を経て、神の国に行くのだと伝えられています」

「そうですか」

しんみりした雰囲気になってしまった。沈黙が、二人の間に落ちる。ちょうど木箱を抱えた物売りが通りかかった。リーンハルトが、あわてたように聞いてきた。

「神子殿。オランジュ・フォミルはいかがですか」

「それは、どのようなものですか？」

「きっと、神子殿のお気に召すと存じます」

リーンハルトが銅貨を物売りに渡した。物売りは、木箱から蓋のついた陶器のマグを出してくる。蓋をはずして、中を見る。白く濁った液体が入っている。おそるおそる、マグを傾けた。

こくんと飲むと、とろりとした飲みものが口の中に入ってきた。オレンジの香りがする。酸味と甘み。馥郁《ふくいく》とした風味。乳酸飲料のような、その飲みものを、末永は一息に飲み干した。

「おいしいです」

「それは、よかった」

リーンハルトが、通りかかった別の物売りにまたなにか言っている。その物売りは、背中に銀色のボトルを背負っていて、手にはシャワーのノズルのようなものを持っていた。頭の上からミストのように、霧状のものが吹きつけられた。薄荷《はっか》のような香りがする。

「うわー、これ、涼しいですね。気持ちいいー」

「今日は日差しが厳しいですから。これで、しばらくは快適に過ごせます」

リーンハルトが、急にまじめな顔になった。

「神子殿。気になっていたことがあるのですが、よろしいですか？」

「はい？」

「最初に私に言いましたね。『えすえすあーる』だと」

「ああああっ！」

は、恥ずかしい。本人を目の前にして、そんなことを口にしたのを、ちゃんと覚えているなんて。

「神子殿。ずっと、気になっていたんです。あのとき、あなたは思わずというように、『えすえすあーる』と口にされました。どのような意味なのでしょう」

「いや、もう、いいじゃないですか。そんなこと」

そんな、恥ずかしいこと、言いたくない。リーンハルトが、珍しくすねた。彼は食い下がる。

「神子殿にとっては、些細《ささい》なことかもしれませんが、私にはずっと気がかりな一言でした。禁忌に差し支えなければ、お聞かせ願えませんか」

そこまで言われてしまったら、しょうがない。末永は渋々、告白することにした。

「あの。スーパースペシャルレア、とっても珍しいくらいに最高にすてきってことです」

言いながら、羞恥《しゅうち》で顔が赤くなってくるのを感じる。

「あんまり、リーンハルト様がかっこよかったから、つい」

「そうですか。神子殿は、私のことを、そんなふうに思って下さっていたのですね」

そう言って、じんわり、嬉しそうに、噛みしめるように、「えすえすあーる、か」なんて言っている。

なに、やめて。そんなに喜ばないで。

そんなにまっすぐ受けとめられると、なんだか立つ瀬がないよ。

「リーンハルト様は、言われ慣れてると思うんですが」

「いえ。神子殿に、ご自身のお言葉で褒めていただくのは格別です」

そう言って、微笑んでくれるので、ミスト効果がいきなり途絶えたのかと訝ったほどにかーっと顔が熱くなった。リーンハルト、ほんとに嬉しそうだ。伝えられてよかったなあ、なんて、思う。

ご機嫌で、リーンハルトは聞いてきた。

「神子殿は、聖ガヴィーノ様に、なにを願うのですか」

「内緒です」

事前に言ったら、止められてしまう。この人は、いい人だから。

「そうなのですか。残念です」

「でも、きっと、リーンハルト様に喜んでいただけるようなことです」

「私が？　それは、楽しみですね」

列に従って、角を曲がった。階段を、一段ずつ、上がっていく。

やがて、二人は寺院の屋根の下に入った。

魔力の空調が効いているのか、適温だった。

「涼しいー」

「神子殿、お疲れでしょう。私にもたれていて下さい」

素直に言葉に甘える。あとちょっと。

寺院の僧侶たちが、手に糸巻きを持って振りながら、通りかかる。そのあとに箱を捧げ持った寺男が寄付の銅貨や銀貨を集めていく。リーンハルトが箱に銀貨を入れ、黙礼したので、末永はそれに合わせた。

次第に中央祭壇が近くなる。

銅像が見えた。

おお。確かに、あの、小さいおじいさんだ。小さいおじいさんが、立派に大きくなっている。

「ぼくが会ったのは、やっぱり、聖ガヴィーノ様だったんですね」

末永の声は弾んでいた。なんだか、あの神様がこちらを覗いている気がする。近くにいる気配を感じる。願いを、ほんとにかなえてくれるかもしれない。

「神子殿。元に帰してくれるようにだけは、頼まないでくださいね」

リーンハルトが、やや冗談めかしてそう言った。

「……！」

しまった。

「いやだな、リーンハルト様。あたりまえではないですか」

言葉を返すのが一瞬遅れた。まずい。

リーンハルトは、こちらの感情にさとい。こちらに来てからずっと、彼の包み込むような心遣いに励まされてきた。

落ち込んでばかりの自分を、慰め、励まし、力づけてくれていたのは、リーンハルトだ。

そのこまやかさに、どんなに慰められてきたことか。

だが、今は、それがかえってあだになった。

彼はあまりに自分の感情に敏感だった。一秒にも満たない返事の遅れに、なにごとかを感じてしまうくらいには。

「神子殿」

小さく、しかし、この上なく、真剣な声。

「『そう』なのですか？」

末永は答えない。あともうちょっとだ。目をそらせて、列が進むに合わせて無言で歩く。

「神子殿」

厳しい声で、リーンハルトは言った。あと一組。それが終われば、自分は神様に願いを言える。

前の組は三人の女性たちだった。暑いせいだろう。薄手のローブを纏い、頭からはレースをかけている。彼女たちは、談笑しながら、順番に祈りを捧げている。

――まだかなあ。

「……」

隣に立つリーンハルトの無言の圧がすごい。

早く。早くして欲しい。

ようやく、前の組の祈りが終わった。末永は聖ガヴィーノ様の像に歩み寄ろうとした。だが、それは、かなわなかった。

「失礼いたします。神子殿」

そう声をかけられたと思ったら、身体が宙に浮いていた。

「え、え？」

高いところから床を見ている。気がつけば、リーンハルトの肩に、上半身が乗っている。大きな荷物を運ぶみたいに、末永はリーンハルトに担がれて、列から離れていった。

「リーンハルト様。戻ってください」

身を傾ければ、うしろの人が「いいのかな」とこちらを窺っているのが見えた。

――よくなーい！　俺の番！

今なら、戻れば間に合う。

「リーンハルト様ってば！」

不躾《ぶしつけ》だとは思ったが、彼の背を叩いて促す。だが、彼は、大股でその場から立ち去った。戻ってこないと踏んだのだろう、自分たちのうしろの人が、祈りに入っている。

もうちょっとだったのに。あと少しで、もしかしたら、うまくいったかもしれなかったのに。そう思うと、悔しくてならない。必死にじたばたするのだが、リーンハルトが元に戻ってくれる気配はなく、末永は身体の力を抜いた。

寺院から出て、階段を下り、その一番下まで来ると、リーンハルトは隅に寄った。そこでようやくリーンハルトは、末永のことを下ろしてくれた。

彼は強く、痣《あざ》になるのではないかというほどに末永の手首を握る。

リーンハルトは膝を突いた。

まだ、手首は握ったままだ。そして、末永の手を押し頂くと、自分の額にひたとつけた。祈るような仕種だった。

彼は、言った。

「私は自分が、情けないです。私の力不足が、神子殿をそのように追いつめていたとは」

え、なに。どうして。どうして、そんなにつらそうなの。この人のせいじゃないのに、なんでそんなに悲しそうなの。

「リーンハルト様……？」

「私は、心の限り、あなたを尊ぶ気持ちをお伝えしてきたつもりでした。それなのに、あなたが消えて私が嬉しがると、そのように思われていたのですね」

そうじゃない。そんなことは思っていない。

「私は、自身が情けなくてたまらない」

彼は立ち上がると、片手剣に手をかけた。

「この胸を切り開いて、私の真心をあなたにお見せすることができるなら、よかったのに」

彼の真剣そのものの迫力に、ほんとうに胸を切り開いちゃうんじゃないかと末永は慌てる。

「違うんです。ほんとに、違うんです。ぼくは、リセマラしようとしただけなんです」

「りせまら？」

末永は、力強く、うなずいた。

「そうなんです」

リセマラとは、「リセットマラソン」の略だ。

おもに、ゲームにおいて初期配布されるキャラクターを、リセットして引き直すことを指す。

「ぼくは、神子を取り替えていただけるように頼むつもりなんです」

「取り替える？」

「はい。ただ、『もう一回くれ』って言うよりも、図々《ずうずう》しくないかなあって。だめかもしれないけど、もし、聞いてもらえたら、ぼくなんかより、きっともっと役に立つ、ちゃんと術法が読める神子が来ると思うんです。そうしたら、この国の人も、リーンハルト様も助かります」

「神子」

「だめかもしれないけれど。でも、やってみる価値はあると思いませんか？」

「神子！」

うん、いい考えだ。

だが、リーンハルトは同意してくれはしなかった。

よりいっそう、彼の青い瞳に愁《うれ》いが増しただけだった。

え、なに？

え、なに？

なんか、すごい、長い沈黙。

なにか言ってよ、リーンハルト。みんなが自分たちを見ているんだけど。騎士の制服や鎧姿じゃないにしても、こんな美形が尋常ならざる気配で対峙《たいじ》しているなんて、めちゃくちゃ目立つんだけど。寺院に並んでいる人たちも、おしゃべりをやめてこちらを見ている。

どうしていいのか、困るんだけど。

リーンハルトが、深い長いため息をついた。今まで聞いた中で、いちばん胸かきむしられるため息だった。

彼が、末永を見た。悲痛と言ってもいい表情だった。

そして、リーンハルトは毅然《きぜん》とこう言った。

「神子。お時間をいただいても、よろしいでしょうか」

「いい」とも「悪い」とも言っていないのに、リーンハルトに町外れまで連れて行かれた。

これまで、リーンハルトはいつも自分の願いを尊重してくれていたのに。今回は、えらく強引だ。そして、迫力がありすぎて、逆らえない。

町外れには、厩舎《きゅうしゃ》が並んでいる。ふさふさした馬の尻尾《しっぽ》の毛がついた看板が出ていた。

「馬に、乗ったことはありますか?」

唐突に聞かれた。

素直に「ないです」と答えると、「ヴィンテ産の早馬を。鞍《くら》は補助つきのものを頼む」と店主に伝えている。

ほどなく、一頭のぶち馬が手綱《たづな》を引かれてきた。足が太くて頑丈そうだ。黒い目が可愛らしい。店主が言った。

「こいつがいいよ。さほど足は速くないが、力が強い。そちらの坊ちゃんと二人を乗せてもどうってことないよ」

「うん、いい馬だ。よく手入れされている」

リーンハルトはそう言いながら、馬のたてがみを撫でてやった。馬は、リーンハルトが気に入ったらしく、目を半分閉じて、されるがままになっている。

鞍はタンデムのように、二つ、乗るところがあった。

「神子、失礼します」

その前のところに、末永は、座らせられる。

そういえば、さっきから呼び方が「神子殿」から、「神子」になっているなあなんて、考えていると、背後にリーンハルトが座った。

「店主。城のフランコ副騎士団長に、ことづてを頼む」

そう言って、書き付けを銀貨とともに店主に渡した。

「承知。では、行ってらっしゃいませ」

店主に尻を軽く叩かれ、馬が歩きだす。

町の外、街道に出たところでリーンハルトが言った。

「けっこう揺れるので、少し腰を浮かしていたほうがいいと思いますよ」

馬がいきなり、走り出した。

おそろしい速さで。

こっちの馬、なんなの。

速い。速い、速い――――！！！

――リーンハルト、止めてえええええ！

そう言いたいのだが、舌を噛みそうで、言えない。

街道は土を固めてあって、街中では見ないような大型の荷車や馬車やらが通っていることが目の端に映る。宿場町らしき集落が現れては消え、消えては現れる。

が、正直言って、そんなことよりも、とにかくがくがくする身体が振り落とされないようにするのに必死だった。

やがて街道からそれ、小さな道へと、リーンハルトは馬を進ませた。

■11　馬で郊外へ

やがて、道は突き当たる。

「野原……？」

違うな。それにしては、手入れされている。

リーンハルトが先に下りて、末永に手を貸してくれた。

「ここは……？」

そこには、白い小さな花が一面に咲いていた。中央に石碑がある。

ここの文字を習ったわけではないけれど、ちゃんと読むことができる。

『名も無き騎士たちを、ここに弔う』

「引き取り手のない騎士たちが、ここには眠っています」

一群れの花を摘み、リーンハルトは石碑に捧げる。作法が正しいのかはわからないが、末永はしゃがんで手を合わせた。

立ち上がって、リーンハルトを見つめる。リーンハルトは言った。

「私がまだ駆け出しの騎士だったときの団長は、マローネ公爵でした」

マローネ公爵。確か、俺の歓迎会で嫌みを言った人だよね。こちらの作法は知らないけれど、俺の歓迎会なのに、あの発言はどうなんだろう。

「彼は、騎士たちを駒としてしか見ていなかった」

苦しげに彼は言った。

「マローネ公爵は前王の親族で、むげにはできない。けれど、私は、騎士たちが軽んじられるのを、許すことができませんでした」

マローネ公爵は。

騎士の一人一人が、誰かの息子であることを。

人間であることを。

生きていることを。

理解できなかった。


「けれど、私は覚えています。ラウール、エーヴェ、パイソン……。一人一人が、人間であったことを。駒などではなかったことを」

石碑に向かって、リーンハルトは語った。

「だから、私は、騎士団長を目指したのです。公爵家の長男である自分しか、なしえないと思ったからです。私は、当時の騎士団長であるマローネ公爵の目に余る収賄や横領の証拠を摑み、彼を閑職に追いやり、自分が騎士団長となりました」

すっと、リーンハルトは、遥《はる》か向こうに見える、山のほうを指さした。

「あの、山の向こうまで、辺境は来ています」

リーンハルトは語る。

「このあたりは寂れているでしょう？　以前はもっと、豊かでした。大地の下には地脈が通っていると言われています。泉へ混沌を集め、浄化し、魔力として戻す。その力は、年々、衰えつつあります。魔力を供給する力が尽きれば、そこには人が住めなくなる。そうなれば、まだ魔力が豊かな場所を巡って、争いが起きます。そして、いずれは、カーテルモント聖王国すべてが、辺境となり、荒れ果てるでしょう」

リーンハルトは、末永を見つめた。彼のほうが背がうんと高いので、やや、見下ろされる形になる。

「私とて、この国を、いえ、この世界を、救って欲しい」

「ならば」

——どうして止めたのですか。あのまま、やらせてくれればよかったではないですか。

「神子」

リーンハルトは珍しく、末永の言葉を遮った。

「けれど、それは、あなたでなくては、意味がないのです。あなたに、託したいのです」

「リーンハルト様。でも、ぼくじゃ、だめなんですよ。ぼくには術法が見えないんです。修復することができないんです」

彼は、微笑んだ。懐かしい思い出を語るような、含羞《がんしゅう》のある表情だった。

「私は、あなたを最初に見たときに、花から生まれたようだと思ったのですよ。白い布がまとわり、そこから生まれたかのようだと。ああ、神子とは、このように尊いものなのだと。この方を私がお守りできるなど、なんと幸せなのだろうと。そんなあなたを、失うことはできない。たとえ……」

彼は、迷っているように見えた。だが、決意したように、その言葉を付け加える。

小さく。

だが、力強く。

「この世界と、引き換えであっても」

末永に衝撃が走った。

リーンハルトの一番の望みは、彼が仕える王が統治する、カーテルモント聖王国の存続だと信じていた。だからこそ、彼がこのリセマラを喜んでくれると思っていたのだ。

だけど、彼は、そうじゃないと言う。

自分のことを、国よりも大切にしていると伝えてくる。

「神子。あなたを駒として交換して、万が一、その結果がよかったとしても……――そうしたら、私は前の騎士団長と同じになってしまいます。私があなたを大切に思うその半分、いえ、十分の一でかまいません。神子も、ご自分のことを、大切にして下さい」

ぐっと、末永はうつむいた。

そのように、仲間を、一人一人を、大切にしているリーンハルトに、自分はなんてひどいことをしたんだろう。

初めて末永は、リーンハルトを推しキャラではなく、一人の尊敬するべき人間として、強く感じていた。

「ごめんなさい」

軽々しく、取り替えてくれなんて、リセットマラソンに過ぎないなんて、言うべきではなかった。

「リーンハルト様。ごめんなさい」

リーンハルトは、ふっと、優しい顔になる。

いつものリーンハルトの表情に変わる。

「私こそ、神子をいきなりこんなところにお連れして、申し訳ありませんでした。少し、寒くなってきましたね。帰りましょうか」

「はい」

そう言って、歩きだそうとしたのだが、身体は正直だった。足がガクガクする。太腿《ふともも》がぶるぶるしている。そして、なによりもお尻が痛い。馬に乗るために足を上げたら、股が裂けてしまいそうだ。

たぶんこれ、お尻の皮が剝けている。

「神子?」

このまま、あの速度で走られたら、俺の尻がぶっ壊れる。

こんなことを、このイケメン美麗な騎士に申告するのは気が引けるけど。

でも、言わないと。

「ぼく、馬にこんなに乗ったことがないんです。だから、お尻が痛くて、あの距離を帰れそうにありません」

リーンハルトは、はっとしたような顔をした。

「ああ、申し訳ありません。気が急いていて、失念していました。新米は乗馬で足腰が立たなくなるものなのに」

おろおろしながら、リーンハルトが謝ってくる。

きっと、リーンハルトは幼いときから馬に乗っていて、すでに生活の一部なんだろうなと推測する。

「今日、早駆けで帰るのは無謀ですね」

うん。早駆けって聞いただけで、お尻が疼《うず》くよ。

リーンハルトは頼もしく言った。

「大丈夫、あてはあります。ゆっくりと、揺らさないように参りましょう」

■12　猟師小屋の一夜

リーンハルトは末永《すえなが》を足を開いてではなく、横向きに乗せてくれた。そして彼は慎重に、小石一つさえも避《よ》けるようにして、馬を歩かせてくれた。馬は最初、不満げだったが、やがてコツを飲み込んでくれた。

行きに比べると、がたつくジェットコースターと遊園地の回転木馬くらいに違う。末永は、ただただ揺られていればよく、疲れもあって、半ば眠りに落ち、背後からリーンハルトに抱きかかえられるようにして乗っていた。

「ふふ」

リーンハルト、いい匂《にお》いだなあ。花のような、麝香《じゃこう》のような、香り。

半ば夢心地のうちに、一軒の家に着いた。

そこまで大きくはない。山小屋のような、素朴な造りの家だった。

「ここです。知り合いが、猟師小屋を借りて住んでいます」

すでに日は暮れている。リーンハルトに馬から下ろしてもらった。

「カール！」

リーンハルトは、そう言いながら、家の扉を叩く。

「こんな夜になんなんだよ」

ぶつぶつ文句を言いながら出てきた髭面《ひげづら》の男は、リーンハルトを見ると、動作が止まった。

「リーンハルト……団長……！」

団長と呼ぶところを見ると、元騎士団なんだろうか。

「カール、元気そうだな」

「おかげさまで、元気ですよ。団長。こんなときに、王都を離れて大丈夫なんですか」

「そっちはフランコに任せてあるんだ」

「ならば、問題ないですね。どうしたんですか。今日は」

「騎士たちへの手向《たむ》けに来たんだが、少々時間を喰ってしまってな。俺は夜っぴいて早駆けしてもいいんだが、連れは馬に乗り慣れていない。休ませてやりたい」

「お？」

末永は、リーンハルトの背後から顔を出して、ぺこんと頭を下げる。

なにか聞かれたらどうしようと思ったのだが、カールは何も言わなかった。「そうか。入ってくれ」と言って、快く入れてくれた。

カールが、少し足を引きずっているのに、末永は気がつく。

「俺は部屋の隅にでも置いてくれ。どこでも休める。ただ、連れはベッドに寝かせてやりたいんだ」

リーンハルトの言葉に、カールは「二階のベッドがあいているから大丈夫だって。おとな用ベッドと子ども用ベッドになるけど……――まあ、大丈夫だろう」と、末永を見ながら、そう言った。

――いや、だから、俺は、おっさんなんだって！

もう、何度目になるかわからない叫びを、末永は押し殺す。まあ、もう、いいや。子どもでも。

「お世話になります」

ぺこりとお辞儀をする。

「カールは、騎士団の同期だったんだ」

「え、そうなんですか？」

「こんな髭面だけどな、坊ちゃんが思っているよりは、若いんだぞ。よろしくな。えーと……」

神子《みこ》とは名乗りたくない。でも、名前がないとおかしいよな。って、今まで、俺、名前なかったんじゃん。誰も、名前で呼んでなかったじゃん。

衝撃の事実だ。

「ひろあきです」

「ひりょあきゃ……？」

カールが必死に裕彰《ひろあき》の名前を発音しようとするのだが、なかなか難しいらしい。それに、以前の名前をそのまま使うのは、もしかして、神子の禁忌《きんき》に引っかかって、あまりよくないかもしれない。

そこまで考えて、末永は提案した。

「アキと呼んでください。リーンハルト様も」

「では、アキ？」

満足そうに、リーンハルトがアキの名前を呼んだ。新しい名前を、一番に呼んでくれたのがリーンハルトなのが、なんだか嬉《うれ》しい。

「はい、リーンハルト様」

「アキ。私に『様』は不用です」

「はい、リーンハルト……？」

新しい名前で呼んでもらい、「様」づけじゃなく呼びかける。

なんだか、とても親しくなった気がする。今までは、王都にいたせいか、リーンハルトは騎士団長として自分に接していたのに、ここでは、「単なるリーンハルト」であるような、そんな感じがした。

——なんだか……すごく楽しいなあ……

え、びっくり。こっちに来て、こんなふうに「楽しい」って思ったことってあったかな。

カールが、力強く言う。

「アキ、リーンハルト。なんにもないが、肉だけはあるからな。このあたりには、シカやイノシシがたくさんいる。腕のいい猟師がいてな。しょっちゅう、獲物を持ち込んでくるんだ。それでちょうど、外の燻製《くんせい》小屋でベーコンを作ったところだ。できたてのベーコンは、最高にうまいぞ」

そういえば、お腹がすいていることに気がつく。

やがて、素朴な木のテーブル上に、香ばしい木の実とオレンジの皮を刻んだものが入った雑穀パン、豆とタマネギのスープ、そして、真ん中に塊《かたまり》のまま炙《あぶ》ったベーコンが並んだ。

「ほーら、食え」

カールは、分厚く切ったベーコンを、アキの皿にとりわけた。

アキは、ベーコンの迫力に押されていたが、おそるおそる雑穀パンといっしょに食べる。あたたかなベーコンは柔らかくて、塩気と木の香りとともに、じゅわっと肉汁が口の中に広がった。

「おいしい!」

思わず、口をついて出る。疲れた胃にベーコンなんて重たいものはどうなんだろうというのは杞憂《きゆう》に終わった。夢中で咀嚼《そしゃく》し、飲み下す。

「食え食え、子どもが遠慮すんな」

カールは楽しそうにそう言うと、前の二倍くらいの厚さにベーコンを切り分けてくれた。

リーンハルトもいつもより食べるアキを嬉しそうに見ている。

「ビールが樽《たる》ごと届いてるんだが……いけるか？」

カールがリーンハルトに尋ねる。

リーンハルトは少し迷っているようだったが、アキは「ぜひ、飲んでください」と告げた。

「じゃあ、少しだけ」

おとな二人の目の前に、真鍮《しんちゅう》のとってがついた陶器のビールジョッキが並んだ。二人は高くジョッキを掲げると「国王陛下と王国と騎士団に」と唱えて、口をつける。

ジョッキが傾き、二人の喉が動く。

じつに、おいしそうに飲むのを見ていると、しばらく忘れていた「とりあえず一杯」の喉ごしを思い出してしまう。

「ぼくも……――飲みたいなー……――」

おずおずとそう言うと、二人は、ひどく驚愕《きょうがく》した顔をした。

「み……アキ」

リーンハルトってば、驚きのあまり、「神子」って言おうとしたよね。そうだよね。

そんなにびっくりするー？　王宮の宴で甘いお酒を口にしたことだってあったのに。

カールが取りなしてくれた。

「ああ、まあ、俺も、親父殿《おやじどの》がうまそうに飲んでいるのを見て、どんな味なのかって思ったもんだよ。子どもだから、ちょっとだけな」

――ん、子ども？

そこに、引っかかりを感じないではない。

――たぶん、俺、お二人と同じ歳《とし》か、もしくは年上なんですけど。

とはいえ、この身体《からだ》が二人より年下に見られるのは当然のことであるし、あまり以前のことを口にするのは神子の禁忌にふれるので、それ以上、口にするのは憚《はばか》られた。

「よしよし。おじさんが、味見させてやろうな」

そう言って、カールがちいさな、おちょこみたいな陶器のコップを持ってくると、ほんのちょっぴりビールを注《つ》いでくれた。

――もう、そんなこと言って。きっと、おいしくてたまらないよね。

だって、今日は、こんなに長いこと馬に乗っているし、空気が乾いて喉がからからだし。

そう思って、くいっとおちょこコップを傾けた。

「う、あえ……？」

苦い香りと麦の味が泡にまぎれて口中を満たす。

「に、苦い……？」

前世でおっさんだったときには、あんなにおいしいと思ったビールなのに。アキの舌が受けつけない。

「うそ、苦い。苦いんですけど……」

「おう、よしよし。そう思って、アプフェル・フォミルをついでおいたからな」

カールは、とっても、段取りがいい。素早く、アキの目の前には大きめの陶器のコップが置かれた。その中の飲みものを舐《な》めてみると、リンゴ味の乳酸飲料のような味がした。ごくごくと一気に飲み干す。

「アキ。大丈夫ですか？」

おろおろしているリーンハルトをよそに、カールはなんだか嬉しそうだ。

「……子どもってのは、同じだなあ。おとなの真似をしたがる……」

自分が小さかったときのことを話しているのかな。

ようやく舌が落ちついたところで、酒の肴《さかな》っぽい品々に手をつけさせてもらう。

この森でとれたという茸《きのこ》を甘酢につけたもの。

川魚を木の葉でくるんで焼いたもの。

イチジクのような果物とクルミに似た木の実と柔らかいチーズ、そこに黄緑のオイルがかかっているサラダがおいしい。素材そのものの味が、濃いのだ。

「これ、黒コショウが挽《ひ》いてあったら、お店にあるのみたいですね」

そう言ったら、二人のジョッキを持っている手が止まった。

「まあ、そうなんだけどねえ。コショウは高いからねえ」

「ん？」

そうなのか？　世は大航海時代なの？　コショウが金より高かったりするの？

「コショウがとれるのは、もっと南なのです。そこいらは、辺境に飲まれてしまいました」

リーンハルトがなんだかすまなさそうに言った。

——あ、そうか。そうなんだ。

「すみません。変なこと言って」

「それにしても、カール。おまえ、さらに料理の腕を上げたな。店ができるぞ」

リーンハルトがそう言ったので、アキも同調した。

「はい。ぼくもそう思います。とっても、おいしいです」

「そうか？　そうかな？　えへへへ」

カールはその髭面をほころばせた。あ、ほんとだ。こうして見ると、思ったよりも若いんだってわかる。

二人は何回もビールをおかわりしていた。ビールが飲み干されてゆく。リーンハルトとカールは昔話に花が咲いていた。

前の騎士団長であるマローネ公爵《こうしゃく》に一人で魔物の群れを退治するように無理難題を申しつけられたリーンハルトが、罠《わな》を張り柵を作り、ほんとうに退治してしまったこと。

巨大な魔物を退治した際、下敷きになったカールを引きずり出して、肩に担いで運んでくれたこと。

聖剣バルリスクを賜《たまわ》ったときの剣舞の見事さ。

カールといっしょにいるリーンハルトは、おかしな話なのだけれど、騎士団長様というより、一人の青年みたいに思える。

そういえば、年齢を聞いたことはなかったが、いくつなんだろう。二十代後半だと思っていたけれど、カールと同期ってことは、もう少し年上なのかな。

「久しぶりに、あれを見たくなったな」

そう言うと、カールがアコーディオンとバグパイプが合体したような楽器を出してきた。

リーンハルトの顔がぱっと明るくなる。

「あれか。いいな」

カールは、アイリッシュ音楽のような曲を奏でた。

どういうわけか、二人ともが、自分を見ていた。

「え、なんですか?」

その視線の意味がわからず、きょとんとしていると、カールが説明してくれた。

「アキ。これはな。御前試合など、大きな大会の最後に、騎士たちどうしで踊る曲なんだ」

「へえ……?」

騎士たちどうしで踊る？

よく理解できない。リーンハルトを見ると、かみ砕いて説明してくれた。

「若く血気に逸《はや》る、自らの剣の腕に誇りを持っている騎士たちですからね。御前試合には故郷の両親兄弟姉妹、ときには想いを寄せる女性も見に来ます。そこで負けると悔しさもひとしおでしょう」

「おいおい、リーンハルト。おまえは全戦全勝だろうが。俺たちの悔しさがわかるかってんだ」

強いだろうことは予測していたけれど、凄いんだなあとアキは感心する。ほんの少し、リーンハルトが得意そうなのが、微笑《ほほえ》ましい。

「まあ、とにかく。試合の禍根を残したままにすると、士気に影響します。共に踊れば、笑ってしまって、そんな気持ちも霧散する。これは、カーテルモント聖王国騎士団の伝統なんです」

そう言われて、手を差し出される。

え、自分？　自分が？

「ぼく、騎士じゃないです」

「アキ。いやじゃなかったら、俺の代わりに踊ってくれよ」

カールが座って投げ出している片足を叩きながら言う。

「俺は足をやっちまってな。普通に暮らすぶんにはどうってことねえけど、踊るのはちーときついんだわ」

そう言われてしまうと、断りづらい。

「でも、ぼく、踊りを知りません」

リーンハルトが手を出してきた。

「なに、ごくごく簡単ですよ。アキ。ほら、こうして、手を繋《つな》いで。大丈夫ですか。身体は痛くないですか」

「はい。さっき薬をもらって塗ったので、だいぶいいです。じゃあ、少しだけ」

陽気な音楽が流れる。アキはテーブルの脇で、リーンハルトの足を見て、ひたすら真似をする。なんだか、フォークダンスみたい。楽しくなってくる。

時折、リーンハルトが自分をくるりとターンさせてくれる。

「そうして、最後にはこうして抱擁するんです」

そう言われて、抱き合う。

踊っていたので、互いの身体は少しだけ、汗ばんでいた。

——ああ、男の人なんだな。生身の人間なんだな。

そんなことを、考えた。

うん？

なんだろ？

今まで感じたことがないいんだけど。この、感覚。

身体の中をこう、くすぐられているみたい。


もうひと踊りののち皿を片付け終わると、カールに言われた。

「馬を洗って、ベッドの準備をしておいてやるから、温泉に入ってこいよ」

「そうだな。お言葉に甘えよう」

「温泉！」

アキは、心が浮き立つのを覚えた。

「アキは、温泉が好きなのですか？」

「好きです！」

きっと、元いた日本では、嫌いな人を探したほうが早い。着替えとタオルを手にして、裏口から外に出た。森は暗い。半分の月が出ているが、こちらの足下までは照らしてくれない。

だが、歩きやすく固めた細い道を、両脇から淡い光が照らしてくれる。その光は、過ぎれば消え、また行く手を照らしてくれる。

——これもきっと、魔法なんだろうなあ。

もう、驚くこともなく、そう確信する。

数分歩いたところに、湯煙が上がっている場所があった。周囲を粗く石で囲んである。

「ほんっとに、温泉、だあー！」

「神子。地脈はたいていは深くに潜っていますが、地表に近い場所が時折あるそうです。そういうところに、たまに湯が湧くんです。ここの湯は、特にケガにいいとのことで、負傷した騎士が湯治に訪れたりします」

そっか。だから、足の悪いカールさんがここに居を構えているんだね。

そう納得したアキだったが、脇でリーンハルトが堂々と服を脱いでいる。

——ひー！

この人、着痩せするんだな。剣を振るうだけあって、肩にも胸にも、きちんと筋肉がついている、男らしい身体だった。

——この人、今まで一度も、容姿にコンプレックスを持ったことがないんだろうなあ。

自分は日本にいたときにもへなちょこだったけど、こちらに来てからの身体はよりいっそう細っこくて、この人と比べたら、ザ・貧相！　だ。

——もしかして、この肉体は成長途中で、育ったらマッチョに……

なると思う？　思わない。

そういえば、何度も抱き上げられたたし、抱えられたたな。この人に。

この腕とか。この胸とかに。

カアアアッ！　と顔が熱くなってきた。

リーンハルトに身体を見せないように、ぱっと脱ぐと、できるだけ素早く、身体を洗って、湯に入った。肩まで浸かる。

「神子の腰の痛みにもいいと存じます。いかがですか？」

リーンハルトに聞かれて、うなずく。

「だいぶいいような気がします」

答えてから、同じ湯に入っているんだよな。自分たちを隔てているのは湯だけなんだ、そう思うと、めちゃくちゃ落ち着かなくなってきた。

あれ？　うん？

なんだよ、これ。またもや、ざわつくみたいな、感じがする。なに、これ。

いや、ほんとに、自分の身体なのに。静まって。落ちついて。すーはー。

目が合うと、リーンハルトはにこっと笑った。彼は温泉の明かり近くにいたので、気がついた。

「リーンハルト。傷が」

リーンハルトの白い肌にはいくつもの傷が走っていた。

「己の剣の未熟から、お恥ずかしい限りです」

そうだよね。騎士なんだもん。傷がつくときだってあるよね。それに、さきほどのカールさんとの話を聞いている限り、当時の騎士団長であるマローネ公爵に睨《にら》まれていた節がある。危ないこと、させられたんじゃないのかな。

「よく、ご無事で」

そう言って、さきほどまでの遠慮はどこへやら。近寄ると、彼の傷をひとつずつ確認する。いかに、リーンハルトが騎士として優れていて、強かったとしても、剣を持って戦い、命のやりとりをしているのだ。もしかして、彼が倒されていたら、こうして出会うこともなかったのだ。

会えたのは、これは、ほんとに、すごい。めちゃくちゃ、すごいことなんだ。

――ばかばか。俺のばか。

自分を取り替えるなんて。もし、リーンハルトに「私を、もっといい騎士と取り替えましょう」なんて言われたら、どんな気持ちがするんだ。

リーンハルトじゃなきゃ、いやだ。

リーンハルトがいい。

その傷ひとつひとつが、リーンハルトの歴史だ。だけど。

「名誉の傷ですね。でも、どうか、これ以上、増えませんように」

そう言って、彼の傷に手のひらでふれる。自分に、RPGゲームの僧侶みたいに癒やしの力があればいいのにな。そうしたら、彼の傷を消してあげることもできるのに。

ずいぶんと長くそうしていた気がする。

「あ」

はっと、気がついた。

裸のリーンハルトの胸に手を当てて、自分は！　なにを！　やっている？

我に返って、アキは離れた。

「す、すみませんでした」

「いえ」

ふわりと周囲が明るくなった。月が傾いたのだろうか？

違った。

「蛍《ほたる》だ」

そう、リーンハルトが言った。こちらの蛍は黄金色《こがねいろ》の光をまとっている。またたきを繰り返している。

ほんものの蛍なんて、初めて見る。いくつも、いくつも、飛んで、二人の周りに集まってきた。

「すごいです。リーンハルト」

「私も、こんな数は初めてです」

これは、偶然なんだろうか。なんだか、違う気がするんだ。

「蛍は、亡くなった方の想いが、その人を慕って出てくるんだと聞いたことがあります」

リーンハルトは、こちらを見た。青い瞳の中に、蛍の金色の光が反射した。

「きっと、リーンハルト様に、弔ってくれて、覚えてくれていて、名前を呼んでくれて、ありがとうって言ってるんだと思います」

「あなたは……」

リーンハルトの目が潤《うる》んでいる。少し、目を細めた。唇が震えている。すごく、こころが動いたときって、人はこんな顔をするんだと、彼の顔をまじまじと見つめる。

そうだよ。よくわかっているでしょう。

なんでだろう。俺には、あなたの痛む気持ちが、わかるんだ。

彼は、一度、まばたきをした。そして、周囲を見回した。蛍たちは、リーンハルトの周囲に集まってきた。そうだよ、と言わんばかりに。そして、溶けるように点滅をやめて、夜闇の中に消えていった。

リーンハルトがこちらを向いて、笑みを浮かべた。美しい笑顔だった。そっと、とても大切なものにふれるように、彼の指先がアキの頬にふれた。

「神子、ありがとうございます。あなたにそう言っていただけて、無念ばかりであった気持ちが、救われました」

深夜。

カールの小屋の二階。

大小二つのベッドがある寝室で、リーンハルトが大きいほうに、アキが小さいほうに、横たわっている。

——静かだな。

前いた世界では、静かなようでいて、雑多な音がしていたのだとアキは思った。

エアコンの室外機とか、冷蔵庫のモーターとか、あるいは隣人のテレビ視聴音が響いてきたり、外から車のエンジン音がしてきたり。ときには、救急車や消防車やパトカーのサイレンとかも。

でも、ここでは、外の樹の葉ずれの音と、虫の鳴く音、フクロウの声だけだ。静かだ。なんだろ。すごい、心細い。今までにないくらい。今までは、お城の中にいて、SSR騎士のリーンハルトのかっこいいところばっかり見てて、なんだか現実とは思えなくて。だけど、ようやく、ここが今の自分にとっての現実なんだって実感してる。

身寄りもなくて、知り合いもなくて、友人もなくて。だけど、この世界の命運が自分にかかっていて。

リーンハルトを喜ばせるためには、自分がなんとかしなくちゃならなくて。

どうしても、自分がやらなくちゃならなくて。

リーンハルトが、こちらを向いた。

「眠れないのですか、アキ」

半月の明かりに彼の顔がおぼろに見える。

「すみません。起こしてしまいました。あの……。なんでもないです」

「初めて、王都を離れましたからね。王都と町の外ではなにもかも違いますから」

「そうじゃなくて、そういうんじゃないんですけど……」

「アキ、こちらに来てくれませんか？」

そう言って、リーンハルトが、自分の寝床の上掛けを剥《は》いで、優しい仕種《しぐさ》で招いた。

「でも、そんなの」

おかしいよ。そんな、おとななのに。

「今夜は、あなたを抱きしめていないと不安になってしまいそうなのです。どこにも行かないように、共寝する権利を、私に与えてはくださいませんか？」

こくんとうなずくと、もそもそと彼のベッドに潜り込んだ。

「リーンハルト。なんだか、すごく、心細いんです。世界が広くて、自分一人みたいな気持ちになって。どうしようって思うんです。なんでだろう」

よしよしと背中を撫《な》でてくれる手が優しい。

「アキは、こちらで、生まれ変わったのですよ。赤子のようなものですから、泣きたくなる

のは当然です」

そんな、優しいこと、言わないで欲しい。ほんとに、泣きたくなるよ。

この世界に対して、自分はあんまりにも小さくて。そして、非力で。

でも、リーンハルトはあったかくて、頼もしくて。

抱きしめてくれるリーンハルトの匂いとか、気遣いとか、優しさとか、そういうのが染み通ってくる。

なんかよく、わからないんだけど。この人に向かって、自分が開かれていく感じがするんだ。

これが甘えるってことなのかな。

甘やかされてるんだ、ぼく。なんだろ、今まで自分のこと「俺」って言っていたのに。素直に「ぼく」ってなってるな。

自分の感情が、揺れて揺れてしかたなくて、リーンハルトのシャツの胸に顔を埋《うず》めて、声を出さないようにして泣いた。だけど、彼のシャツに涙が染みてしまったから、きっと、泣いていたのはバレてしまったと思う。

そうして、声を殺して泣いて、泣いて。

背中を撫でて、なだめてくれるリーンハルト。その手が優しくて、この身体の芯《しん》まで慰めてくれる心地がした。

朝が、来た。

朝日が、まぶしい。

気がついたら、リーンハルトがいなかったのが、寂しいんだか、正直、ほっとしたんだか。

貸してもらった夜着が、アキの肩からずり落ちていた。そのまま、ベッドの上に正座して、一人反省会を行う。

泣いて、しまった。

おとななのに。

見かけは細っこいけど、でも、いいおとななのに。それなのに。

甘え泣きしてしまうなんて。

恥ずかしすぎる。

軽やかな、だが、堅実な足音がした。リーンハルトだ。寝室の扉をあけて入ってくる。

「ああ、神子。起きていましたか。朝食が済んだら出発しようと、馬の手入れをしていました」

アキは、ベッドの上でひれ伏した。

「昨晩は、すみませんでした」

「いいのですよ」

気のせいだろうか。いつもより、機嫌がいいみたいだ。

「いつも、神子はほんの少し、私に距離を取っていたような気がしていました。もちろん、神子のお立場を考えれば、当然のことなのですが。けれど、ゆうべは、それが縮まった気がして、私は嬉しかったですよ」

本気で、言っているみたい。怒ってもいないようだし、不機嫌でもない。

——ああ、よかったー！

階下から、おいしい朝ごはんの匂いがしている。濃いバターとミルク、それからベーコンの焼けるいい匂い。

くうううとお腹が鳴る。

それに、ずいぶんとにぎやかだ。

「誰か、来ているんですか？　ぼくたち以外に？」

アキが着替えて階下に降りていくと、そこには客人がいた。

——誰？

革のベストをまとって弓を背にした女性と、彼女によく似た十歳ほどの男の子だった。

——誰？

カールのほうを見ると、紹介してくれた。

「彼女は、近くの村に住んでいる猟師なんだ」

「ソニアと申します。この子はニコ」

そう言って、二人は椅子《いす》から立ち上がって一礼したので、アキもぺこりと頭を下げた。

「アキです」

カールが照れつつ、付け加えた。

「旦那さんを流行病《はやりやまい》で亡くしてな。俺はこの足なんで、肉や野菜とか、いるものを届けてもらう代わりに燻製を渡したりなんだので、まあ、その、なんだ。親しくなったっていうか」

リーンハルトとアキは、目を見交わした。

どうりで。

整えられた大小のベッド。一人分にしては多すぎる食料。豊富なビール。

リーンハルトが、カールの手を取った。

「そうか。そういうことなのか。おめでとう、カール」

「あー、もー、面と向かって言われると、こそばゆいなあ」

「すまないことをしたのではないか。ベーコンは、彼女に渡すぶんだったのでは」

ソニアは、手を振った。

「客人をもてなすのは、いいことだよ。昔、世話になった恩人なら、なおさらさ。そのかわりと言ってはなんだけど、この子に剣を教えてやっちゃくれないかね」

そう言って、ソニアは、息子のニコを前に押し出した。

「この子は、剣士になりたいらしいんだ」

ニコは、くりくりとした利発そうな目をした子だった。

「ほんとに、王都の騎士団長様？　昔、騎士団にいて、団長と知り合いだって、カールの寝言じゃなかったんだ」

「寝言じゃねえって。ほんとのことだって」

リーンハルトは、彼に目線を合わせてひざまずいた。カールのことを褒めちぎる。

「カールは、足が速かったんだ。危険な斥候をかってくれたから、みんなが助かったんだ」

「へえー」

ニコは、カールを尊敬の目で見た。カールは未来の息子に感心されて、得意そうに見えた。

「いやあ、褒めてもなんも出ませんよ。あ、ベーコン、お土産《みやげ》に持ってく？」

朝食は、ベーコンエッグとパン。果物にヨーグルトだった。それに、ゆうべの残りのスープがつく。

朝ごはんのあと、リーンハルトはニコに木剣で稽古をつけてやった。しばらく手合わせをしたあと、リーンハルトはニコに言った。

「素直な、いい剣筋だ。だが、反射神経だけではフェイントをかわせない。よき好敵手がいれば、伸びるだろう」

「騎士団には、強いヤツ、いる？」

目をキラキラさせて、ニコは言う。

「これ、騎士団長様にそんな言葉遣いをしない！」と、ソニアにたしなめられるが、リーンハルトは気にしない。

「強い騎士はたくさんいる。もし、入団年齢になって騎士団に入りたいと本気で願うなら、私が推薦しよう。カールの息子なら、みなも喜ぶはずだ」

ニコは、嬉しそうだった。わかるよ。「騎士団」って、やっぱり、憧れちゃうよね。

カールが、馬を引いてきた。馬は、昨日酷使されたけれど、おいしい餌をもらい、丁寧にブラッシングされてご機嫌だった。

出立間際、カールは、リーンハルトに語った。

「俺さ、あいつの村で宿屋でもしようかと思っているんだ」

「それはいいな」

「もうちょっと辺境からの魔物がおさまればなあ。人の往来も増えるんだが」

リーンハルトとともに馬上にあったアキは、カールを見た。

「あの、がんばります」

思わず、口から出た言葉だった。

「お？」

カールはうなずいた。

「おう、がんばんな」

自分が神子だって、わかっているのかな。

わかっていないのかな。

意味が通じただろうか。どっちでもいいとアキは思った。肝心なのは、自分の気持ちだからだ。

この人たちを守りたいと真剣に思う。

できるのかな。いや、やらないと。

「世話になった。カール」

二人は帰途についた。

リーンハルトは行きの必死さとは異なり、馬を落ちついて進めてくれている。

なので、二人は、話しながら行く。

「あの当時から、カールの作る食事は美味でした。カールが炊事当番だと、士気が上がったものでした」

「ほんとにおいしかったです」

「カールが、あそこに住みだしたのは、騎士の石碑が近くにあったからです。『足を負傷して騎士としては、もうおまえに同行できない。墓守をしつつ、余生をのんびり過ごすつもりだ』と、言っていました。けれど、彼に新しい風が吹いてきて、私はそれが、とても嬉しい」

「いい雰囲気の三人でしたものね」

「そうですね。結婚式には、呼んで欲しいものですね」

彼と打ち解けたせいか。行きよりもずっと楽しかった。けれど、胸の奥は、どうにも落ち着かない。

――でも、いやじゃないんだよなあ。

変なの。

それは、たとえれば、春になって、木々が茂りだし、花が咲き乱れるような、華やかな感情を伴っていた。

■13　下町と末世教《まっせきょう》とファラン

町に到着すると、リーンハルトは馬を返しに行く。馬は、リーンハルトを慕って、名残惜《なごり》しそうだった。リーンハルトも馬を何度も、撫でてやっている。

「アキ。手続きが終わるまで、決してどこかに行ってはいけませんよ。ちゃんと、ここにいてくださいね」

リーンハルトはよほど心配らしく、何度もアキに確認する。

「はい」

――もう。ぼくのことをなんだと思っているんだよ。いくらぼくでも、そんなにそうそう、迷子になってばかりのわけがないだろ。

ぷんぷんと頬を膨らませながら、昼の日差しの中、ぼんやりと町を見ている。

昨日と同じ町なのに、なんだか違う。町の人との距離が近くなったみたい。

――城のバルコニーからの景色と、こうして直《じか》に見ている差なのかなあ。ふしぎだなあ。

今までは、なんだかゲームの中の人みたいな気持ちだったのに。リーンハルトが言ったように、自分は昨日、初めて生まれかわったのかもしれない。

みんなが自分と関わりがある人みたいな、そんな気がする。

そんなアキの目の前でおばあさんが転んだ。

「あ」

持っていた籐籠《とうかご》が投げ出され、そこからリンゴらしき果物がころんころんといくつもころがっていく。

背後の貸し馬屋を見る。リーンハルトは見えている。いくらなんでも、迷うわけがない。

「おばあさん、大丈夫ですか？」

そう言いながら、アキは彼女に駆け寄ると、籠にリンゴを戻した。籠を持ってみると、なるほど、お年寄りが持つにしては重い。

「おうちはどこですか？」

「すぐそこですじゃ。親切な方」

親切な方。そう言われてしまっては、持っていかないわけにはいかない。すぐそこだったら、リーンハルトに断らなくても、平気だよね。見えてるなら、帰ってこられるよね。

「はい、運びますよ」

非力な自分でも、これくらいは。そう思って、籠を持っておばあさんのあとについていく。

おかしいな。この人、おばあさんなのに、ずいぶんと足が速いな。

あ、しまった。角を曲がる。

「角は、角は、だめです」

「なんですかな？　お若い方」

そう言って立ち止まったおばあさんが、転びそうになる。

「ああ、運びますから！　こっち見なくても、いいですから！」

道をちゃんと覚えていないと。ここで迷ったら、またリーンハルトに心配かけちゃう。角を右。そして、左。広場の脇を上って、道を曲がる。

右、右、左。

「えーっと。これは、右？　まっすぐ？　カーブ？」

さんざん悩んだ末に、辿《たど》り着いたのは裏路地の、ごちゃっとした小さな店だった。

「ほんとうに、ありがとうございます」

そう言われて、籠を渡すと、出ようとする。

「ここまで来てくださったあなたには、お礼をしなくてはねえ」

そう言って、おばあさんは、棚から古びた鏡を下ろしてきた。模様が刻まれている。スマホぐらいの大きさと形。

「いや、いいです。鏡とか、めったに見ないし」

「ほほほ」

老婆は笑った。

「これは、自分の姿を映すだけではありません。あなたが気になるお方を映しだすことができるのですよ」

そう言われたときに、真っ先に頭の中に浮かんだのは、リーンハルトだった。

リーンハルトのことが、自分はこんなにも気になっているのか。

ぐんぐんと頭を振る。

「いや、ぼくはいいです。おばあさんが使ってください」

「そんなことを言わないで、もらってやってくださいな。この老婆が持っていても、しょうがないのですから」

「いいです。そんなつもりじゃなかったんです」

「ありがとうねえ。ありがとうねえ」

なかば、むりやり、胸に鏡を押しつけてくる。そして、老婆にしては力強くひっぱられて、奥の扉から出される。

「ふえ？」

そこは、裏道だった。

必死に覚えていた道筋も、ここにきてワープに等しいこの所業をされてしまっては、いったいどこをどうやって、戻ったらいいのか、途方に暮れてしまう。

「おばあさん、おばあさん！　そっちから出させてください。お願いします！」

そう言いながら、扉を叩くのだが、いっこうにそれが開く気配はない。通りかかる町の人に不審な目で見られてしまう。

「なんで？　どうして？」

ここまでの距離、ちょっとじゃないよね。時間にして、十分は歩いた。

——ちゃんと、ここにいてくださいね。

そう言ったリーンハルトの真剣な声音を思い出す。

すみません。ほんの少しのつもりだったんです。ほんとに、そう思っていたんです。

それなのに。

自分は今、気がついたら、土地勘のない町で、スマホも地図さえも持たず、一人でいるんです。

迷子。

そう、これは。

どう考えても、厳然たる迷子だ。

――ひー。

とにかく、お城に辿り着けば、なんとかなる。そう思ったのだが、城門を出るとき、リーンハルトが許可証を提示していたのを、思い出した。あれは、リーンハルトが持っている。

自分が門まで行き着けたとして、許可証なしで中に入れてくれるだろうか。

むりだろう。

自分の顔を知っていて、なおかつ身分を保証できるのは、国王陛下、セラフィナ様、ダニロに厨房の人たち、そして、リーンハルト様。

だけど、でも。

アキは自分の身体を見下ろす。見た目が若くなっているのが、このときばかりは恨めしい。こんな若造が、城内の人を呼んでくれと言って、通ると思う？　思わないよね。

無事に城に入るためには、どうしてもリーンハルトと合流しなくては。

こっちじゃないかと思う方向に歩きだす。途中、町の人に、貸し馬屋はどこか聞くのだが、

「どこの貸し馬屋？」と聞き返されて、はたと戸惑う。

「店の前に、馬の尻尾《しっぽ》の毛を束ねた看板があって……」

「そりゃあ、どこの貸し馬屋だって、出してるよ。店の名前は？　どこの街道沿い？　町の

東西南北、どっち側？」

わーん、ばかばかあ、なんで、そんな難しいことを聞くんだよー！

貸し馬屋の主《あるじ》の、顔は見ているはずなのだが、中肉中背、若からず年寄りでもなく、髪の色はたしか黒だったけど、茶色だった気もする。記憶しようとしないと、人の顔なんて、すり抜けていってしまう。

「いやあ、それじゃあ、わからないなあ」

「そうですよね」

しょげながら、つきあたりの階段を上っていくと、てっぺんの展望台みたいなところに出た。

やたらと人がいる。若い人も年取った人も、男の人も女の人もいて、なんだか騒いでいる。

「末世だ、末世だ。世の終わりだ！」

「辺境は近いぞ！」

「ファラン歌うとき、終わりが来る！」

群衆に押されるようにして、展望台の柵まで追いつめられる。

「ああっ？」

眼下に見覚えのある広場が見えた。そこに、あの貸し馬屋があった。間違いない。

「階段……階段は……坂道とか……」

そこに直接通じる道はない。今までの道を戻っていくしか、ないのだ。

「あの、あの。あそこまで下りたいんですけど、どうしたら、辿り着けますか」

だが、人々は「末世だ」と叫んで踊るばかり。アキに答えてはくれない。

アキは絶望のあまり、柵にもたれかかって、脱力状態になった。

「わーん、リーンハルトお！」

彼に、二度と会える気がしない。

展望台の高さは、だいたい十階建てのビルくらい。もう、いっそ、ここから飛び降りたら、早いのではないだろうか。そんな考えがアキの脳裏を駆け巡ったそのとき。

今まで、聖殿のあたりを高く飛んでいたファランたちが、鳴いた。

「ふえ？」

そのときに、飛んでいたのは六頭だった。それらが一斉《いっせい》に、鳴いた。セラフィナの展開した魔法での、この国のはじまりの鳴き声とは違う。あのように、荘厳な鐘に似た音ではなく、甲高《かんだか》い声だった。

「鳴いた……」

「ファランが……」

その場にいた者たちが、騒ぎ出す。

「終わりだ」

「この国の終わりだー！」

そして、ファランたちが、一斉に下降してきた。

アキに向かって。

「え、え、えーっっ？」

大きな身をくねらせて、六頭がかわるがわる、アキの頭上で鳴いている。

「うわー！」

迫力なんてものじゃない。恐慌状態に陥ったアキは、逃げまくる。ファランはついてくる。かしましく鳴く。しまいには、下降してきて口でアキをつつく。痛くはないが、丸呑《まるの》みされたら、入っちゃいそうなその口につつかれるのは、そうとうに恐《こわ》い。

人々が、なにごとかとこちらを見ているのだが、誰一人、助けてくれようなんて殊勝な人物はいなかった。ただただ、聖獣のすることを遠巻きにして、見ているだけなのだ。

カーテルモント聖王国の人たち、冷たいよ！

いくら聖獣のすることだって、助けてくれたっていいじゃない？

「わーん、ぼくを食べても、おいしくないですよー！」

必死に逃げて階段を落ちそうになったところで、抱きとめられた。だれかと目で認識するより前に、その体温と匂いで、リーンハルトだとわかった。

「リーンハルト！」

「神子！　あれほど、どこにも行くなと言ったのに」

「ごめんなさい。おばあさんが、リンゴを落として、すぐ近くだからって言われて。この国の『すぐ近く』がこんなに歩くなんて、知りませんでした」

素早く言い訳を口にする。

「もう、リーンハルトと会えないかと思いました」

「私もですよ。ファランが鳴いているからもしかしてと思って、来てみてよかった」

そうだったのか。もしかしてファランたちは、ぼくがここにいるって、リーンハルトに知らせてくれたのかな？

頭上で飛び交っていたファランたちは、今は鳴くのをやめている。

「ごめんなさい。ありがとう」

通じたのか。それとも、アキがちゃんとリーンハルトと会えたから、安心したのか。ファランたちは、各々、くるくるとアキの頭上で飛んでいたが、やがてまた、聖殿へと浮上していった。

階段の途中で、リーンハルトは、アキを抱きとめたままだった。人に見られてしまうのが、恥ずかしい。

「みんな、見てます。離してください。リーンハルト」

もがくのだが、リーンハルトは離そうとはしなかった。

リーンハルトは、厳しい顔をしている。無理もないと、アキはお小言を覚悟した。

「ほんとに、すみませんでした」

「神子。あなたになにかあったら、私も無事ではいられません」

「や、おおげさですよ。リーンハルト。ちょっと、迷子になっただけで」

「ちょっとではありません！」

ぐっと、リーンハルトは、ぜったいに離さないというように、腕に力を込めた。痛いくらいに。

「あなたと出かけるときには、鎖で繋ぐしかないです」

リーンハルトも冗談を言うんだなあとアキは思ったのだが、おそるおそる彼の顔を見ると、大まじめだった。

——本気？

「アキ。私と来ていただけますか」

——うひー！

行く先は金物屋さん？　ぼく、鎖をつけられるの？

だが、ここまで彼に心配をかけた自分に、断ることができるだろうか。いんや、できない。

リーンハルトに手を引かれて、とぼとぼと歩いていく。

連れて行かれたのは、こんなラフな姿でいいのかと思われる、クリスタルの天井を持つアーケード街だった。雨天の日には、下から雨粒の波紋が見られるのだろう。

雨が降っても、濡《ぬ》れることがない大通り。

さきほどの街中とはまた違って、広い道をリムジンのように黒塗りの美しい馬車が行き交っている。

リーンハルトに、そのうちの一軒に連れて行かれた。リーンハルトは手を扉にしばらく押し当てていたので、会員制の店なのではないかと思われた。

中に入ると、そこは装飾品の店だった。夜のような藍《あい》の闇の中に首飾り、指輪、ティアラ。それらが美しく輝いている。夜空の星のように、空中に浮かんでいるのだ。

「いらっしゃいませ、リーンハルト様」

なにも名乗らないうちに、店主が出迎えてくれる。

こんな店と懇意にしているなんて。その気持ちが伝わったのか。

「私というより、実家が世話になっているのですよ、アキ。いやかもしれませんが、あなたに私の羅針晶《らしんしょう》を進呈することをお許しください」

羅針晶？　耳慣れない言葉だった。

「羅針晶……って、なんですか？　リーンハルト」

「実際に作ってみたほうがわかりやすいですね」

リーンハルトは店主になにごとかを耳打ちした。店主はうなずくとなにもない空中から星を取り出すように、いくつかの宝石をつまみ出し、アキの前に漂わせた。

「どの宝石がお好きですか？　この中から選んでください」

どれも美しい。親指の先ほどもある、球形の石だ。

アキは、青い色の石を選んだ。それは、リーンハルトの目の色に似ていたからだ。店主が声をあげる。

「おお、これは。南国産のサフィールですよ。お目が高い」

「ええ、さすがはアキだ。よい石を選ばれました」

店主が銀の針を手にすると、石の上でリーンハルトの指先をつついた。

「あ」とアキは、声をあげた。リーンハルトの血は、宝石に吸い込まれていく。中で一滴の雫《しずく》となり、漂いだす。

「手に持ってみてください。アキ」

「はい」

――え、冷たくない。温かいよ？

もしかして、リーンハルトの血が、この中で生きてる？

「これは、私のいる方向に動きます」

言われたので、アキは宝石を持ったまま、店内を右往左往してみる。そのたびに、その宝石の中で、リーンハルトの血の雫は、あっちに、こっちに動き、リーンハルトの居場所を示した。

「すごい。これが、羅針晶なんですね」

金色の華奢《きゃしゃ》な鎖に、その羅針晶はセッティングされ、アキの首にかけられた。まったく重みを感じないし、鎖の感覚すらない。自分の一部であるかのようだ。つくづくとその羅針晶を手に持って、見る。

リーンハルトは言った。

「アキ。おいやでしょうが、私の心が安まると思って、持っていてください」

「とんでもないです。嬉しいです」

感動して、リーンハルトのほうを向く。

「これ、お高いものなんでしょうか」

宝石商がなにか言いかけた気がしたが、リーンハルトは彼を遮った。

「いえ、そこまでは」

「あの、ぼくの羅針晶も、持っていて欲しいんです。リーンハルトに」

店主が「ほおおお」という顔をした。リーンハルトは、つかの間、戸惑ったが、嬉しそうにうなずいてくれた。

「アキの指に傷がつくのは心苦しいですが、とてもよいお考えだと思います。そうしましょう」

「はい」

これで、リーンハルトにも自分の居場所がわかる。さっきみたいなことがあったとしても、互いの居場所がわかるから、落ち合うことができるだろう。

——GPSがわりだね。

そんな軽い気持ちで提案したアキなのだったが。

羅針晶に込められた、真の意味を、まだ知らなかった。

■14　城の訓練場、ある朝の光景

早朝の騎士団訓練場。

フランコは、どうせまだ誰も来ていないだろうと思いつつ、扉に手をかけた。

この扉の鍵を持っているのは、自分とリーンハルトだけだ。ということは。

「あれ、あいてる……？」

扉を開けると、リーンハルトがそこにはいた。

彼は、高窓から入ってくる朝の光の中、輝いて見えた。

同じ男だというのに、見とれてしまうほどの美男子ぶりだ。

出自は公爵家、腕は立ち、頭も切れ、人望もある。ファランに仔《こ》を託され、国宝である聖剣バルリスクの遣い手。光の女神に愛されし騎士と称されるリーンハルトが、淡い緑の石を手にしている。

違和感がフランコを支配した。

この男が宝石を愛好するとは、思えなかった。目をこらす。

この男が陶然と見つめているのは、石の中にある赤い雫なのだと知ったときに、フランコは、知らず「まさか」とつぶやいていた。

リーンハルトは急いで石を胸にしまうと、こちらを見て微笑んだ。

「ああ、おはよう。フランコ。いきなり王都を留守にして、申し訳なかったな。なにか、変わったことはなかったか」

「いや、それはない」

「そうか。私の副団長は優秀だな」

「それよりなにより。おまえ、今、その、胸にしまったやつ。まさか、神子の羅針晶じゃないよな」

リーンハルトは、赤くなる。

「わかってしまったか」

「え、うそ。ほんとに？」

鎌をかけただけなのに、よもやと思ったのに。そうか？　そうなのか？

「ほかのやつには言うなよ」

「もしかして、神子もおまえの羅針晶を持っているとか?」

無言が返答だった。

羅針晶は、常に相手の居場所を知らせる。そして、魂が繋がっているとも言われている魔法が込められている。

相手の浮気を疑ったときに持たせる。もしくは……——

「なあ、おまえ、神子に言ったのか。これを贈り合うっていうのが、どういうことか」

リーンハルトは、目をそらす。

「そういうことは、熱々の恋人たちしかしないって説明したか?」

「いいだろう? 俺の、初めての、わがままなんだ」

若干の含羞《がんしゅう》を滲《にじ》ませて、リーンハルトはそう言った。

フランコはあきれるのを通り越して、いっそ、感心してしまう。

この男が。王と騎士団にその身と誠意を捧げてきたことを知っている。

そうか。今になって、そうきたか。

フランコは、リーンハルトの肩に手をやる。

「そうだな。うん、そうだ。いいよー、いいと思うよー。ところで、神子の様子はどうよ?」

「神子はようやく、この地に足を踏み出した」

「そうか、そうか。この世界が壊れるまでに間に合ってくれないと困るぞ」

意外そうに、リーンハルトはフランコを見つめる。

「おまえが、カーテルモント聖王国の行く末をそのように愁《うれ》いてくれているとは、嬉しい誤算だったな」

鋭い。おそらく、リーンハルトのように純粋な気持ちからではない。

「俺は、貴族になりたいからな」

これから国土が地脈の恩寵で広がっていくことがあれば、領地をもらえる確率は高くなる。

「そうだったな、フランコ。もし、空地《くうち》に領主を置くということになったら、俺からもおまえを推薦しておくよ」

「それは頼もしいな。とにかく、泉の修復を早急にお願いしたいところだぜ」

■15　神子の部屋でお勉強

彼《か》の人の青い羅針晶。そこに血が一滴、たゆたっている。アキは執務室でそれを見つめる。

あの、騎士の石碑に二人で訪れてから、数日が経《た》っていた。

あなたが、すぐ近くにいるようだ。あなたの存在が、ぼくを勇気づけてくれる。

「見てて下さいね。リーンハルト」

ノックの音がした。

「どうぞ」

入ってきたのは、ダニロだ。

彼は、明らかに落ち着きがない。

「なんで俺？　俺なの？　俺なんて、本業は薬屋だからね。チェラーノの町中で店をやってたんだから。箔がつくから騎士団寮づき薬師《くすし》になったんだし、たまたま術法が見えるから聖殿に行かされただけだから」

「あのね、ぼくは術法が見えないから、ダニロの力を借りたいんだ。ダニロにしか、できないんだ。お願いします。このとおり」

アキは頭を下げた。

「や、やめてくれよ。こんなタメ口きいて、神子様に頭を下げられているのを、リーンハルト様が知ったら。お説教食らうよ」

うん、リーンハルトなら、やりそうだね。

「ぼくのことはアキでいいよ。じゃないと、やりにくいからね。そのへんはちゃんと、リーンハルトには言っておくから」

「どうして俺なんだよ。もっと術法に長《た》けた人がいるだろう。セラフィナ様とか」

「あー、うん」

セラフィナ様が……というより、控えている神官がとっつきにくいから、というのは、理由としては弱いんだけど、真実だったりする。

「経験上、技術は向上するけど、性格を直すことは難しいから。チームは気が合った、話しやすい人と組むのが最良なんだよね」

「おまえ、なんか、すごいこと言ってんなー」

ダニロは折れてくれた。

「救世の神子がそこまで言うなら。いっけどー」

「ぼく、術法で魔法を操った経験はないんだけど、案外と近いのかなって思うことはあったり……なかったり……？」

魔力だと思うから、遠いものになってしまうんだ。

制御すべき万能エネルギーである魔力が電力であると仮定したら？　そうしたら、術法とは、プログラムにほかならない。

だとしたら、魔法術師とは、プログラムを組む人、イコール、プログラマーだ。自分の前職だ。それなら、負けない。できる。

——ああ、見えさえすれば……。

確認できればいいのにと、何度目かになる歯ぎしりをする。

「プリンターがあればなあ」

「ぷりんたあ？」

ダニロがふしぎそうにアキを見てくる。

「なんだ、それ？」

「こう、術法をノートに書き出す魔法、みたいな？　ダニロの頭と手帳が直結できればいいんだけど」

ダニロは怯《おび》えた。

「え、なに、恐いこと、言ってるの」

ないものはない。なんとかプログラムが見えなくても魔力を操る方法を考えるしかないのだ。

「少し前からこの『エイ・レハワの指南書』を読み込んでるんだけど」

そう言って、手書きの冊子を取り上げた。

「なんだこれ」

ダニロがそう言って開こうとするので、注意する。

「紙をたくさん挟んでいるから、落とさないでね」

付箋がなかったので、しょうがなく、栞《しおり》代わりの紙片を挟んであるのだ。その数は、百近くにもなる。

「これは、原始術法のマニュアル……教科書だよ」

「原始術法かあ。噂《うわさ》には聞いてるけどなあ。文字は共通だけど、まったくわからんわ」

「混沌《こんとん》の泉をはじめとする、建国時の施設は、すべてこの原始術法で書かれてるんだ」

「え、まさか、おまえ、もしかして」

ダニロは、アキを信じられないものを見る目で見た。

「わかんの？　わかるってこの？　この本の内容が？」

「ああ、紙、落とさないで！　……——うん。ぼくはね、こういう仕事をしていたんだよ」

「おまえ、すごいな」

「すごいのは、聖ガヴィーノ様だよ」

聖ガヴィーノ様って、いい加減だと思っていたけど、もしかしたら、なかなかいい仕事をしてくれているのかもしれない。

そう思ったら、心の中で、「だよねー！」って、あの神様がウインクした。

「……」

「アキ？」

「それで作ったプログラム……——じゃないや、術法を、これに、刻んでみたいんだ」

そう言ってピーラーを取り出した。

「俺、わかんないぞ」

「ダニロは入力してくれればいいんだよ。ここに、これを書き込んでみて」

そう言って、手帳にびっしり書き出した術法を見せる。

「もし、間違っていたら、言ってね」

「え、え」

ダニロはアキと手帳を交互に眺める。

「これ、どうしたの？」

「考えて、組み立てたんだよ」

「考えて？　組み立てた？　頭で？　頭の中で？」

どうしたことか、ダニロは興奮している。

「頭じゃなくて、手帳だけど」

「いやいやいやいや。なあ、アキ。俺らが術法を刻むときには、『こんな感じ』と思い描いて、あとは数字とか文字を入力するだけなんだ。こんなん、見たことねえぞ」

「それは、おそらく、ライブラリを引っ張ってきているんだと思うんだよね」

ライブラリが、そのまま発音されたのを感じた。ここでは、その概念はないらしい。

「らいぶらり？」

アキは説明する。

「えーと、泉とか地脈を流れる魔力は原始術法を使ってるんだけど、そのままだと難しいから、パッケージしてるって……わからないよね？」

「ああ。まったく」

「たとえば、バスルームの湯も、公用語で湯量と温度を設定できるようになっているんだと思う。だけど、実際に動かしているのは原始術法で、その橋渡しをするのがライブラリなんだ」

「へーえ……？」

理解できてない。これは、理解できてないよね。

どう言えばいいんだと必死に考える。

「ダニロは薬屋さんしてたんだよね？」

アキは、薬局を思い浮かべる。

「お客さんは薬屋さんに来たら、風邪薬三日分くださいとかって言うよね。それで、お金を渡して、薬を受け取る」

「まあ、そうだな。それが薬屋だからな」

「でも、実際には、その風邪薬は、ダニロが調薬するんだよね？　薬草を発注して材料を調合して風邪薬を作ってる」

「うん」

なにを当然のことをという顔をダニロはしていたが、「ああ、そういうことか」と気がついたようだった。

「つまり、薬屋の店先がライブラリの入り口だとしたら、店裏が原始術法ってことだな。お客は金を払って指定すれば薬を手に入れられる。簡単だ。だけど、中では俺らが調薬しているってことか。でも、客はなにやってるのかわからないし、知る必要もない」

アキは嬉しくなった。ダニロは柔軟な思考の持ち主だ。

「そうだよ。そのとおり。やっぱり、ダニロは賢いんだなあ」

「はは。いや、まあ、それほどでも？」

そう言いながらも、まんざらでもない顔をしている。

「だから、ぼくの推測では泉に用いられている原始術法はこいつにも効くはずなんだ」

そう言って、アキは手にしているピーラーをぐっと突き出した。

「そいつはつまり、本人が薬草を摘んで砕いて調薬しても、薬には違いないってことなんだな？」

「そういうことだよ」

ダニロは手帳とピーラーとアキの顔を順番に見ていたが、やがてうなずいた。

「わかった。これをこのまま、刻めばいいんだな？」

「うん。ごめんね。めんどくさいよね」

混沌の泉が魔力の根源なら、これで動くはずなんだ。

「じゃあ、行くよ」

ダニロは根気強く、刻んでいってくれた。彼の手の動きから察して、たまに間違いを指摘する以外は、アキは、自分の原始術法コードの行を指で押さえて、読み上げていくばかりだった。

——ぼく、目をつぶって、道を歩いているみたいだな。自分でできれば、もっと楽なのに。

そう、アキは思った。

入力はその日だけでは終わらず、翌日の午後まで続いた。食事はアキの執務室まで運んでもらって、とにかく入力して、入力しまくった。そして、目の前にポツンと置かれた、丸芋《まるいも》。

ごつごつした表面に芽の出るところがくぼんでいる。ほとんど理想的な丸芋だった。

「スタートは？」

「丸芋を手にして、『剝《む》くの、はじめ』って言ってみて」

だが、うんともすんとも言わない。

「ピーラー、動かないぞ。アキ」

「うーんと、モードをデバッグモードにしてみようか」

「なんだ、デバッグモードって」

「プログラム……——じゃないや、原始術法のどこでつっかかっているのか、教えてくれるモードなんだ。ピーラーを持ったまま、『デバッグモード』って言ってみて。それで、もう一回、起動させて、出てきた文字を教えて」

デバッグモードでピーラーを動かしたダニロが「こんなのが出てきた」と教えてくれた。

ふんふん。『エイ・レハワの指南書』の巻末を見る。エラーコード一覧まで載せてくれていて、嬉しい。いつか、この人に礼を言いたいくらいだ。なんて、とっくに鬼籍に入っている人なんだろうけれど。

「えーっと、ダニロ。二〇三八行目のところ、文字が違ってない？」

「ん、ああ、ほんとだ二回続けて書いてた」

「それで、もう一度、稼働させてみて」

「了解。わ……ぶね……」

ピーラーがダニロの手に食い込みそうになった。

「柔らかいものに突き当たったら止まるように仕様変更しよう。三八〇〇行目に、追加二行。それで、芽のところの切り取りなんだけど、そこの脇を当ててみて。そうそう。それで、とれるはずなんだ」

ピーラーがなめらかに芋を剝くまで、微調整する。

「うん、それでいい」

理論はわかった。まだまだ、わからない術法はあるけど、それは、おいおいだ。

「あとは、とにかく。あの混沌の泉の術法を読める人がいたら。その人が、協力してくれたら」

そうしたら、この世界は救済できる。

この世界での自分のつとめ、すなわち仕事ができる。目的が達成できる。

あの、ぼくの最高の騎士であるリーンハルトに、「よくやりましたね。さすがは、私の神子です。アキ」とか、言ってもらえるんだ。

「よし、ぼく、がんばる！」

アキは、ガッツポーズをとった。


それから数日は、希望に満ちていた。アキは浮かれていた。

自室で、リーンハルトと向き合っての夕食時。

リーンハルトに「神子は生き生きしておられる」と嬉しそうに言われた。川魚のバターソース添えを前に、アキは力強くうなずく。

「そうなんです。ほら、ぼく、国王陛下に、地脈の術法が読める人がいたら、申し出るよう、おふれを出してくれってお願いしましたよね」

「はい。私も同行させていただきました」

そうでした。

王宮を訪ねるときには、リーンハルトについてきてもらっていた。自分一人では、まだ、この城の中の移動はおぼつかない。

「じつは、さきほど、王宮から遣いが来て、該当者が見つかったみたいなんです」

「おお、それは」

アキはいつになく饒舌《じょうぜつ》だった。

「その人が、原始術法がもし理解できないとしても、なんとか頼み込んで、デバッグ……——えっと、間違いを探してもらって、正しい術法を刻み直すつもりです。とにかく、その術法を直しさえしたら、以前のようなヒビのない状態に戻るはずなんですよ」

「神子が、嬉しそうなのは、なにより喜ばしいことです」

そう、嬉しい。

自分に課せられた仕事をまっとうできる。

以前いたところでは、当たり前に仕事があった。社会の一部に自動で組み込まれていた。だから、まったくわからなかった。

なにもしなくていい、いてもいなくても同じと言われることは、世界から弾《はじ》かれているかのようで、とっても不安だった。だが、今は、違う。

アキは胸を張る。

「いいご報告があったら、まっさきにリーンハルトにしますから。楽しみにしていてくださいね」

リーンハルトは、口元をなだらかにほころばせたが、意識して引き締めた。そして、優しい声で答えた。

「はい。とても、楽しみにしていますよ」

■16　村人の証言

「はい。とても、楽しみにしていますよ」って、ああ、リーンハルトに、そう言って、もらったのにな。

「はあああぁ」

聖殿で混沌の泉を前に、アキはしゃがみこみ、ため息をつく。隣にはダニロもいた。まったく同じポーズをしている。

「あとは、泉の術法さえ見えれば、なんとかなりそうだったのに」

「まあ、しょうがないよな」


国王陛下のおふれに従って、辺境近くの村から若い男がやってきた。彼とは執務室で面会した。彼は、村で果樹園をやっているという。

彼が原始術法を読めるのかとアキは胸をときめかせたのだが、違ったのだ。

「俺のじっさまなんですわ。じっさまは、小さい頃から、湯の湧く場所になんかが見えるって」

温泉は地脈の要《かなめ》に現れるって、リーンハルトは言ってたもんね。脈ありだ。

「その方をここにお連れしたいんですが」

「じっさまは、先月、亡くなったです」

アキは呆然《ぼうぜん》とした。

「なく、なった……」

じゃ、どうしようもないじゃないか。

「ほかの人は。お子さんとか、あなたとか」

「いんやあ、悪いなあ。『うん』と言ってやりてえけど、俺らにはわかんねえ。じっさまのことも、おふれが来てから思い出したくらいで」

「念のため、いっしょに聖殿に行って、混沌の泉にふれてみてもらえませんか」

アキはあきらめきれなかった。ダニロもともなって聖殿へ上がり、彼にふれてみてもらったのだが、やはり、術法を読むことはできなかった。

「なにも、見えないですか？　ほんのちょっとも？」

「アキ……」

ダニロに肩を押さえられて、はっとする。いけない。これじゃ、自分のことを責めていた人たちと同じだ。

――そこにないなら、ないですねー。

かつての世界で店員に言われた言葉が脳裏に響いた。

そうして、今、二人は、膝を抱えて座り込み、聖殿の混沌の泉を見つめている。ここは異世界のカーテルモント聖王国の聖なる泉なんかじゃなくて、高校のグラウンドで、あんまり強くない部活の部員が、今日の負け試合の反省をしているみたいだ。

「アキ、ごめんな。俺が、ここの術法を見ることができればよかったのにな」

そう、ダニロがぽつりと言う。

なに言ってるんだよと、アキは返す。

「ダニロのせいじゃないよ。ぼくが、神子なのに、見ることができないのが一番の原因なんだから」

二人ともが、しょんぼりと泉を見つめていた。

「神子様」

声をかけられて、飛び上がった。セラフィナだった。

「ごめんなさい。混沌の泉が心配で上がってきたら、お二人の姿が見えたものですから」

彼女は裾をひらめかせ、二人と同じようにその場に座った。

「わわわ。セラフィナ様」

ダニロがおろおろしている。

「泉の術法を見られるという者は、もう帰ったのですか」

「ええ」

アキは正直に、見えたのは彼の祖父であり、その者はすでに亡くなっていることを告げた。

「そうですか……。なかなか、いないのですね……」

セラフィナは気落ちしているように見えた。もしかして、慰めに来てくれたのだろうか。

彼女の配下のベルタは恐ろしいけれど、セラフィナはいい人のようだ。

だが、どうしてだろう。かつて、知っていた人を思い出してしまう。

「ベルタのことなのですが」

彼女はおずおずと口にした。

「彼女は、辺境の村が災いの樹によって一夜で全滅したときに、唯一《ゆいいつ》生き残ったのだそうです。なので、神子様には複雑な思いがあるようで……。あのように失礼なことを言って、ごめんなさい。私からも言っておきます」

「災いの樹って、地脈が終わりになるときに、出現する黒っぽい木……ですよね？」

「樹木のように見え、そのように名づけられておりますが、魔物の一種とも言われています」

セラフィナが手を動かした。細かい粒子が集まってくる。このまえのように、模型を作るつもりなのだろうと床に目をこらした。だが、その粒子は大きな樹木の形になっていく。アキの視線は、どんどん上に、上に、やがて天井までのぼっていった。

模型は巨大で、聖殿の天井を突き破りそうだった。

「これって、樹齢何年なんですか」

樹齢何千年かの屋久杉《やくすぎ》を思い出しつつ、そう言ったのだが、セラフィナとダニロはなにを言っているんだという顔をしていた。

「え、あの？」

「災いの樹は、魔力の量によっては、一晩でこのような大きさに育ちます」

「一晩とか、育ちすぎでしょ？」

思わず、叫んでしまう。

災いの樹は、ゆらゆらと揺れている。

「それより恐ろしいのは、もし、これが混沌の泉から充分な魔力を得れば、即座に花をつけるということなのです」

災いの樹はきらきらとした丸いものをいくつもつけていた。これが、花らしい。なんかに似ていないか。

こっちに来る前に、見たもの。なんだっけ。

「そして、充分に熟したのち、一斉に種子を放つのです」

てっぺんに、ラッパみたいな形のものができた。それがぶおーと黒い霧を噴き上げる。

「これが、種子？」

「はい。地脈はふだんは魔力で強固な結界が張られており、災いの樹の種子が入り込む余地はありません。ただ、もしも今後、混沌の泉が涸れ、地脈が弱っているときにこれが蒔《ま》かれたら、たちまちこの国のあらゆる箇所から発芽するでしょう」

くらくらした。こんなその種子が発芽して、地脈から魔力を吸い上げて、また花をつけて……。もし、もし、そうなったら……――

「……終わり、ですね」

「そうなのです。万が一、この泉に種子が入り込んだら、おおごとなのです。この覆いは強固ですが……このままでは、いつまでもつか……」

「ああもう、見えさえすればなあ！」

ジタバタしてみるのだが、もちろん、見えるようにはならない。

「神子様。あの……私……」

彼女が何か言いかけたところで、「セラフィナ様、神官長ともあろうものが、そのようにはしたない」と叱咤《しった》の声が飛んだ。ベルタだった。神殿側の転移陣で上がってきたらしい。

「ベルタ」

ベルタは、まなじりをつり上げている。

「ごめんなさい」

そう言うと、セラフィナは立ち上がった。一礼して去って行く。

ダニロと自分だけが残された。

日が暮れかけている。

望みは、絶たれた。

地脈がすみずみにまで行き、輝くような大地を。人が満ちていくところを。見てみたかったな。

聖殿の横を、ファランが飛んでいく。

「ファランはなにを思って聖殿の周囲を飛ぶんだろう」

ダニロがそう言った。

「だよねえ、なんでだろ」

リノ様を見る限り、ファランは草とか野菜を食べるようだ。西のほうにおいしい、ファランの好きな草がたくさん生えているところがあると、リーンハルトが言っていたっけ。だったら、ずっとそこで暮らせばいいのに。

ここにいて、飛んで、巣を作るときにはここの天井に作る。

まあ、それは、この高さなら、外敵、少なくとも蛇とか地を這《は》う動物は来ないからなんだろうけれど。ファランが、真にこの世界の守護獣だというのなら、どうしたらいいのか、教えて欲しいなあ。

——やっぱり、ぼくは、役立たずなんだなあ。

しょんぼりと、アキはそう思った。

その思いに呼応するように、ぴしっと音がして、アキとダニロは飛び上がった。

「うわ、マジかー!」

ダニロが声をあげた。

透明な泉のドームのヒビが、より大きくなっていた。端から端にまで渡っていて、見ている間にも亀裂がいくつも入っていく。

「やべえ。これ、やっべえじゃん」

「うん……。やっべえ、よね」

そう、オウム返しをしつつも、アキは足が震えているのに気がついた。

これ以上、進んだら、どうなってしまうのだろう。

転生してきたとき、自分はまるでここはゲームの世界のようだと思っていた。この世界を救ってくれと言われても、まるで他人事《ひとごと》だった。どこか、バーチャルなゲーム世界のことであり、絵空事のような気がしていた。

でも、違うことを、今は知っている。

リーンハルトと出会って、郊外でカールさんたちと話して、そして、こうしてダニロと仲良くなって。この人たちが生まれて、生きて、生活していく。それが、この国なのだ。

――もうちょっとだったのに。できると思ったのに。

空中に漂う、聖ガヴィーノ様の糸のようだ。それは、蜘蛛《くも》の糸さながら。捕まえたと思ったら、風にさらわれてこの手から抜けていってしまう。

「ま、ほかの手段を探そうぜ」

ダニロはそう言ってくれたが、声に力がなかった。

■17 神子のお願い

「神子。食が進まないようですが」

ここは、神子の私室。アキはいつものように、リーンハルトとともにテーブルに着いていた。

「そんなことないよ」

そう言いつつ、アキの皿の上には、切り刻まれたかわいそうなポークステーキが並んでいる。減る様子がない。アキは、リーンハルトを見つめた。

「リーンハルト。お願いがあります」

「なんなりとお申し付けください」

「聖ガヴィーノ寺院に行きたいんです。行ってお祈りすれば、もしかして、術法が見たいという願いが届くのではないかと思うのです」

リーンハルトは目を閉じた。

あけた。

にっこり笑って、言った。

「それだけは、ご勘弁下さい。同伴はできかねます」

「お願いです。リーンハルト。神様に直に頼んでみたいんです」

「ほかでしたら、いくらでもお聞きしますが、聖ガヴィーノ様に詣でることだけは、許可できません」

アキは不満だ。だが、リーンハルトは決して返答を覆《くつがえ》さなかった。

「私の取り越し苦労とは存じます。けれど、神子を失うことをほんの少しでも心に浮かべるだけで、私の胸は張り裂けそうになるのです」

リーンハルトは、アキの手を取ると、椅子から下りてひざまずき、手の甲に口づけた。

「この、リーンハルトの身勝手を、どうか、お聞き届け下さい。神子」

「……わかりました」

肩を落としながら、返答する。リーンハルトは言った。

「神子は聖ガヴィーノ様の申し子。ここからお願いするのでも、きっと、聞き届けて下さいますよ。できることをいたしましょう」

■18　神子の寝室と鏡

うう。反対されてしまった。

アキは、しょんぼりと自分の寝室でベッドに横たわると、ごろごろところがってみる。

「そんな顔をしなくてもいいじゃないかあ！」

自分は、リーンハルトの顔に圧倒的に弱いのだ。そのリーンハルトに、あんな愁いに満ちた表情で「お願い」されてしまったら、「うん」と言うしかない。

自分の願いを、完全にシャットアウトする気満々だった。

それは、もしかしたら、自分が悪いの……か？　そうかもしれない。リーンハルトに、「リセマラ」の件では、いらぬトラウマを植え付けてしまった。

――神子は聖ガヴィーノ様の申し子。ここからお願いするのでも、きっと、聞き届けて下さいますよ。

そうかな。そうなのかな。

「神様、お願いします。ぼくに術法を見る力を与えて下さい」

そう言ってみたのだが、どうも届いている気がしない。聖ガヴィーノ寺院に詣でたときに感じたような、近くに神様がいる気がしない。

「うう。聖ガヴィーノ寺院に行けたらなあ」

だが、方向音痴の自分があそこに辿り着ける可能性は万に一つもないだろう。

「リーンハルトの言うことはもっともなんだけどさ」

そうだな。こういう気分のときに、聖ガヴィーノ寺院に詣でるのは危険かもな。だって、ついつい、祈ってしまいそうだもの。

自分じゃない誰かに、託してしまいそうだもの。

自分じゃなければ……——。

いけない。

この国に来たときから、ずっとあった、自分の中の病のようなもの。自分なんて、という思いが、どうしようもなく、なんということもなく、どんどん溢《あふ》れてしまっている。止めようがない。

「ううう」

うめいたアキの目にチカッと動くものが映った。

——あ、スマホ?

一瞬、ほんとうにスマホかと思った。あんなにお世話になっていたのに、こちらに来てから、いっこうに見ることがなかったものだ。

「そんな、ばかな」

ベッド下の物入れに手を伸ばす。手にふれたのは、鏡だった。いつかリンゴを拾ってやり、そのせいで迷子になったとき、あのおばあさんからもらったものだ。

中に、像が映っている。

「あ、リーンハルトだ」

わーん、リーンハルトおおお！　直接本人に向かっては言えないけれど、鏡に向かっては、言うことができる。

「だめなんです。やっぱり、ぼくには荷が重いんです」

——あれ？

リーンハルト、どこにいるんだろう、これ。今のリーンハルトなのかな。胸にある羅針晶をアキは見る。羅針晶が示すのは、隣のリーンハルトの寝室ではない。どこか、違う場所だ。誰かの私室。

『フランコ』

鏡の中のリーンハルトの声が響く。

フランコ。そう、この人は騎士団の副団長。リーンハルトの右腕と称されている人だ。その人に、リーンハルトが酒の器《うつわ》を持って、愚痴《ぐち》を言っている。

『神子は、やっぱり、だめそうだ』

『おまえの地位が危ないな』

『あのとき、神子を止めずに、リセマラとやらをしたほうがよかったかもしれない』

どきっとした。

『リーンハルト。おまえ、なんで、止めたんだよ』

『気がついてしまったら、止めるだろう』

『おまえは優しいからなあ。なあ、聞いたことがある。神子は、向こうの世界ではすでに死んでいるんだと』

『ほんとうなのか、その話』

『ああ、糸と縁《えにし》の神の聖ガヴィーノ様は、切れた糸をこちらに繋ぎ直しているだけなんだ。だから、おまえが気にする必要はない。もう一度、神子を連れて行けばいい』

大きく歪《ゆが》む。世界が歪む。

『本来は、あっちの世界で事切れていたのに、おまえが気にする必要なんて、ない』

じじじじじ。

濁音が混じり、リーンハルトの返事は聞こえない。だが、彼がうなずいている。もうすぐ、彼はここに帰ってくるのだろうか。もしかして、その話をしてくるのだろうか。

足音が聞こえる。羅針晶の血が動き、彼が近くにいることを告げる。

リーンハルトの寝室との境、その扉が開かれる。リーンハルトが姿を現した。

心臓が、大きく跳ねた。

ああ、きっと、「いらない」って言われるんだ。

あ、あれ？

ふわふわする。どこかにさまよっていきそう。なんだろう、これ。

意識が遠のいていく。

——ダウンロード数が目標に達しませんでした。

会議室にいる自分。

——どうしても、術法が見えません。

泉で、うつむく自分。

こんなのばっかりだな。

「神子、神子……！」

自分を抱きとめたリーンハルトの声の真剣さだけが、妙な違和感となって残った。

■19　神子は前世の夢を見る

「おい……おい！」

声がしている。リーンハルトのものではない。

今となっては懐かしい、日本における直属の上司の声だった。目を覚ますと、白い天井が見える。独特の匂いがしている。ここは、どうやら病院らしい。

自分は、病院のパジャマを着て、個室らしきベッドの上に横たわっていた。

「あれ？」

身を起こす。上司はかたわらの椅子から腰を浮かせて、こちらを覗き込んでいる。

「なんで、ここに？」

「なんでって、おまえが、帰り道でトラックと接触したからだろ。一週間も意識不明ってんで、心配したんだぞ」

——トラック？　意識不明？

「今日は、なんにちなんですか？」

「もう、大晦日《おおみそか》だよ。サンタさんに会い損ねたな。ま、脳にも骨にも異常はないそうだから、それが一番のプレゼントってことだな。おまえ、うなされてたぞ。大丈夫だったか？」

「ああ、なんだ。そうだったんだ」

そうか。今までのカーテルモント聖王国のあれこれは、全部夢だったんだ。

そうか。

「どうした？　変な顔して」

「ものすごい、夢を見ていて」

「どんな夢だ？」

「それがですね。自分が神子として王国に転生するんですけど、そこに超ウルトラＳＳＲの騎士がいるんですよ。すっごい、かっこいいんです。最高なんです」

「なんだ、それ。夢の中まで仕事かよ」

「仕事」

そうか。自分は、プログラマー。

新作配信ゲームのチーフだ。

「チームの奴らも心配してたぞ。ああ、そうそう。喜べ。おまえが倒れているあいだに、最高のプレゼントだ。ダウンロード数が急激に伸びて、『アスガルド戦記』は続行だってさ」

「アスガルド戦記」。自分が心を込めて作っていたゲーム。

「ほんとですか？」

「ああ」

「ほら、見てみろよ。おまえの大好きなレイモンド様の冒険エピソードだ。さっき、試作が上がってきた」

「わあ……」

そこにあるのは、末永が想像した通りのレイモンドだった。

なにもかもが、うまくいっている。こんなにラッキーでいいのかな。

「どうした？」

「おかしいんですよ」

上司が見せてくれたそれは、末永が思ったとおりの出来なのだ。それ以上でも、それ以下でもない。

「違う」

現実は、もっと苦くて。

うまくいかないことも、つらいこともたくさんあって。

だからこそ、イラストレーターさんや、シナリオライターさんや、そのほかたくさんのスタッフとともに作り上げたもの、できあがってきたものは、自分が想像もしていなかった素晴らしさを持っていて。

「どうした、末永」

「ここ、違います」

「なに言ってるんだ、おまえ。違うってなにがだ」

「世界が、違うんです」

ぼくが、いるべき場所はここではない。リーンハルト、ぼく、あの世界にいたい。あの世界で、あなたと地に足をつけて、ともに生きたい。

そう、ぼくは、あの世界に転生した。

ここは、もう、ぼくの世界じゃない。

「末永？」

「その名前は、もう、いりません」

帰りたい。

リーンハルト。あなたのところに。

転生したときに、あなただけが、あの世界でのぼくの誕生を祝福してくれた。そして、ぼくを気遣ってくれ、見守ってくれた。

ぼくのことを神子という、あの世界を救うピースとしてではなく、かけがえのない者として、受け入れてくれた。

ほかのもっと優秀な神子と交換すると言ったときに、反対してくれた。この世界よりも、あなたをとると、言ってくれた。

だから、ぼくは、あの世界で真に生まれ変わることができたんだ。

あなたがいるところが、ぼくが生きるところだ。

「リーンハルト！」

ふっと、世界がなくなった。

「これ、覚えがあるぞ」

暗闇。暖かくも寒くもない場所。

ここは、狭間《はざま》だ。

「うそー！」

思わず、そんな声が自分の口から出てしまう。自分は、生来の方向音痴なのだ。そんな自分が、こんな目印が一つもないところで、正しい道を選べるのだろうか。いや、無理。絶対に、無理。

だけど、リーンハルトのところに行きたい。どうしても、行きたいんだよ。

地団駄《じだんだ》を踏んでいると、なにかが光るのがわかった。自分の胸だ。手を出して、そっとそれにふれてみる。

これは、羅針晶。ふれると、リーンハルトと同じ温度だった。あの人の温かさだ。あの人のぬくみだ。リーンハルトの声がする。

――神子。神子！

リーンハルト。

――アキ！

アキは、羅針晶をぐっと握りしめた。そうすると、行く方向がわかる気がする。この羅針晶は、リーンハルトの心だ。リーンハルトの心が、自分を呼んでいるのだ。軽い足音がしていた。なんだろうと思っていたら、リノだった。

「リノ！」

抱き上げると、白い塊が肩口まで上がってきた。

「迎えに来てくれたの？」

うなずくように、リノはくるくると、アキの首の周りを回っている。くすぐったい。

「帰ろう」

そう言うと、リノは、前に立って、ととととと走り出す。

「違うよ。リノ。そっちじゃない」

だが、リノはとどまることなく、どんどんどんどん、走っていってしまう。

リノを逃がしてしまったら、リーンハルトがどんなにがっかりすることか。必死にあとをついていくと、やがて、とても明るいところに出た。いくつもの糸が絡《から》み合っている。それを、何人もの人が、必死にほどいて、あのペロペロキャンディみたいな糸巻きに巻き付けて、ほどいて、結んで、また糸をたぐり寄せている。

「え、なに、ここ」

たたたたと、リノは進んでいく。そして、止まった。

「ここ、知ってる」

知ってるもなにも、自分は、ここから始まったのだ。小さなおじいさんが、糸を見つめながら、ぶつぶつとつぶやいていた。

「こっちの糸とこっちの糸がぴったりだから……――。でも、ここの糸はまだ切れていないから……――」

近づいていくと、神様は、ようやくこちらに気がついたようだった。彼は、仰天していた。

「え、なんでなんで？　送り出したはずだよね。なんでまだ狭間にいるの？」

「今から、帰るところです」

「大丈夫？　帰り道はわかるの？」

「はい。これがあるから」

そう言って、アキは胸の羅針晶を掲げた。神様は、嬉しそうに、実にいい顔で笑った。

「おお、これはまた、いいものをもらったねえ」

神様からそう言われて、アキは嬉しくなった。

「そうなんです。すごく、いいものなんです。リノ、ほら、帰るよ」

リノはおとなのファランとは違う、ころころという鳴き声を立てた。初めてこの子が鳴くところを聞いた気がする。びっくりしていると、神様も驚いた顔をしていた。

「おや、これはこれは。おかしいな。でも、それは、すまないことをしたね」

「え、なに、聖ガヴィーノ様、なにを謝っているんですか？」

そう尋ねると、神様は、優しい顔をした。

「わしも、たまには、失敗する」

「失敗……？　え？」

ガーンという音が、自分の頭の上に轟《とどろ》いている、そんな気がした。

「それは、やっぱり、あれですか。ぼくをあそこにやったのが、そもそもの失敗だったと。そういうことですか」

わーっと、アキは叫びたくなる。

「神様、お願いです。取り替えないで下さい。取り替えて欲しいと思ったこともあったけど、今は、まったく、そんなことは思っていないです。絶対にいやです。リーンハルトと離れたくない」

そう言って、ぺたんと座り込んで、両手で神様を揺さぶったものだから、神様の白いひげがゆらゆら揺れて、糸がぐるぐると周りを漂った。

「おいこら、やめい。ただでさえ、糸というものは、繊細であるというのに、そういうことをするでない」

言われて、べそを掻《か》きながら、手を止める。

「安心するがいい。おまえをあそこにやったのは、間違いでもなんでもないわ。ただ、勘違いをしていたようじゃな。うん」

「勘違い？」

「おかしいのう。まあ、そういうこともあるじゃろ。そうか。見えないのだったら、直しようがないわな。スイッチを入れてやるから来い来い」

リノがまた鳴いた。

「悪かった、悪かった。まあ、そういうこともあるってことで。めんちゃいね」

えへへと神様は笑った。なんだか憎めないんだけど、神様がうっかりミスってあかんのではないだろうか。いいのか、そんなんで。

ぱちんとなにか、音がする。果物がはじけるみたいな。

軽くショックが走ったが、決していやなものではない。

「よし、行くがいい。愛し子《いとご》よ。あの世界もまた、わしらの大切な箱庭。美しく育ててくれよ」

「はい！」

今や、羅針晶はまばゆいばかりの光を纏《まと》っている。その光が、一直線に向かっている。リノが走り出す。こっち。こっちだね。うん、わかった。今、行くから。がんばって、走ってゆくから。だから、待っていて。できる限りの速さで、自分の足で、行くから。

水から上がるような感覚が、あった。それは、最初にカーテルモント聖王国に転生したときと同じようなもので、おそらくは、赤子が羊水から生まれ出《い》でて大気にふれたときに感ずるような、この肺にいっぱいに濃い空気を吸い込んで、声をあげたくなるような、そんな感じだ。

「ふ、はあああ！」

めいっぱい、息を吸い込む。吐き出す。

なんだか、息苦しいぞ。うん、もう一度。

「ふぶー！」

「アキ！」

手が、懐かしいような、甘い温かさで包まれた。手を握られたのだ。その手こそが、ここまで自分を導いてきたぬくもりそのものであり、それがなければ、たとえリノ様がともにあっても、きっとここまで来られなかった。だから、その手を思いっきり握りかえした。

「神子！」

気がつけば、そこは、騎士団寮の自分の寝室だった。ベッドに横たわる自分に向かって、身を乗り出すようにしてリーンハルトがいて、この手を強く強く握りしめている。

「神子！　気がつかれましたか。私がわかりますか？」

「リーンハルト——」

その名前は、舌の上で、またとない甘露となった。彼の名前をもう一度、アキは口中で味わった。

「リーンハルト……！」

「よかった。ああ、よかった」

なにが起こったのだか、わからないままに、アキは彼に抱きしめられた。かつて何度もふれ、抱き上げられたそのときより、彼の身体はずいぶんとごつごつと骨張っているように感じられた。

リーンハルトは「すみません。神子は目覚めたばかりでお疲れだというのに」、そう言って身を離したのだが、彼のほうこそが、やつれ、疲れ果て、美しい顔に心労のあとが色濃く見てとれたのだった。

「どうしたんですか？」

「どうしたもなにもないって」

ものも言えないリーンハルトの代わりに、かたわらにいたダニロが説明してくれた。

「アキは、帰らずの病にかかってたんだよ。リーンハルト様が寝室を確認したら、ベッド脇に倒れてたんだ」

帰らずの病。

それは、降臨した神子がかかるという病。かつて、元いた場所の話を好んだ神子の心が離れてしまったという病。それに、自分がかかっていたのか。

「でも、ぼく、前の世界の話はしていないんだけどな」

ちゃんと、神子の禁忌は守っていたはずだ。

そう言うと、リーンハルトは「原因はおそらくこれだと思われます」と言って、布で包まれた鏡の破片を見せてくれた。ダニロが説明してくれる。

「これは、『夢魔《むま》の鏡』だよ。チェラーノで薬屋やってたときは、このせいで塞ぎ込んだ人をたくさん見てきたよ。いやな鏡だ。人の一番きれいで柔らかくて大切なところに、ずかずか入り込んでくるんだ。もっとも愛しい人が、もっともつらいことを口にするまやかしを作って、心を苛《さいな》んでくる」

ダニロはリーンハルトに言った。

「リーンハルト様。アキの目が覚めたことを伝えて、厨房から果物をもらってきていただけないでしょうか」

「わかった。侍女に伝えてこよう」

「リーンハルト様直々《じきじき》にお願いします」

そう言われて、リーンハルトはダニロとアキ、交互に顔を見て、仕方なさそうに部屋から出て行った。

さあ、これを飲んでとダニロから薬湯を渡された。身を起こして、飲む。苦い。

「危ないところだった。一週間のあいだ、意識がなかったんだ。さっきなんて、呼吸が止まったんだからな」

「ええっ?」

一週間……。呼吸……。

「リーンハルト様が、それはそれは心配していた。手を握って、何度も何度も、呼びかけてた。二人は、羅針晶を交換してるんだな」

「うん。そうだよ」

そう言って、胸に手を入れると、温かいそれを取り出した。血の雫《しずく》が、下のほうに偏っている。リーンハルトが厨房まで行ってくれているあかしだ。

「へえ」

ダニロに微笑まれる。え、なに、意味深な笑い方。

「リーンハルト様は、アキが可愛くて仕方ないいんだなあ」

「そう見える？」

「もちろん。高価な羅針晶を互いに持ち合うなんて、よほどでなくてはできないからな」

「これ……。高いの？」

ダニロは「しまった、言ってなかったのか」とつぶやいたが、正直に教えてくれた。

「そうだな。俺の給金の二年分はするな」

「ひー……」

いつか、ちゃんとお金を返そう。ばたっと横たわる。

厨房から帰ってきたリーンハルトが、小さく切った果物を手ずからアキの口に入れてくれた。恥ずかしいのだが、どんな心労を与えたかを思うと、いやと言えない。

「じゃ、ちゃんと薬は飲めよ」

そう言いおいて、ダニロは部屋から出て行った。リーンハルトが、問うてくる。

「神子。あなたが、夢魔の鏡に、何を見たのか、うかがってもいいでしょうか」

「そ、それは。それだけは、勘弁して欲しいです」

彼の顔が見られない。

「それは、私に関係があることですか」

どうして、顔がいい人は、そういうことを直截《ちょくさい》に聞けてしまうんだろう。もうちょっと、オブラートに包んでくれてもいいじゃない。

「ないしょ、です」

「そうですか……」

とっても、静かな時間が流れている。この部屋の中って、あの猟師小屋以上に、静かなんだよなあ。二人が黙ってしまうと、互いの心臓の音さえも聞こえそう。

眠ってしまったリノ様を撫でてやる。思ったより、柔らかいなあとか。リーンハルトが記憶より少しやつれていて、それゆえに、壮絶にイケメンだなあとか。

自分が想像したり、自分の頭の中で考えていることとは、ちょっと違っている。それが、現実というものだよな。

「アキは、根《こん》を詰めすぎです」

一語一語、リーンハルトは、絞り出すように言った。

「あなたの双肩にこの世界の命運がかかっている。まじめなあなたに、それを気に病むなと言うのは、無理なこととはわかっている。それなのに、もし、夢魔の鏡で見たのが私なのであれば、なんて不甲斐《ふがい》ないのだと私は自分を思う」

リーンハルトに言われて、アキは、びっくりする。

「リーンハルト。リーンハルトはぜんぜん悪くないですよ？　ぼくが勝手に思い込んでしまっただけで」

はうあ。こんなことを言ったら、夢魔の鏡に見たのが、リーンハルトだったと告白したも同然じゃないか。うきゃー、恥ずかしいー！

だが、リーンハルトは、しごくまじめな顔で宣言した。

「違います。アキに疑われてしまう私が悪いのです」

そう言ったのだ。

「私がいかに、アキでいっぱいか、見せられればよいのに。そうしたら、あなたが、そのような疑念を持つこともなかっただろうに」

こっちに帰ってきたばっかりだから？

なんかこう、響いてきちゃうな。

「あ、やだな。そんなこと言われると」

わー、恥ずかしい。泣き虫め。ぼくは、リーンハルトといると、涙腺が緩くなるな。目をこすって、アキは言う。

「また、あなたに会えてよかったです」

ああ、ぼくは、ここに帰ってきたかった。この人のところに。

そうだ。この人にまた会いたくて、ただそれだけで、走ってきたんだ。方向音痴の自分からしたら、奇跡みたいに一直線に。

「私もです。あなたを失うかと思うと、生きた心地がしませんでしたよ」

疲れてるよね。リーンハルト。自分も、もう少し寝たいかな。

「リーンハルト、ぼく、もうちょっと横になってたいです。リーンハルトも少し自分のベッドで休んでください」

「しかし」

「でも、寂しいから、間の扉はあけていて欲しいです」

「わかりました」

顔が近づいてくる。

「ふああああー!」

キスされるのかと緊張したが、リーンハルトの唇はこめかみにつけられた。そこで、しばらく止まってから、離れていく。

「おやすみなさいませ、神子。よい夢を」

言いおいて、リーンハルトは自分の寝室に引き取った。

「ふ、ふわあー」

心臓がばくばくいっている。顔が熱せられて、しゅううううってなっている。ベッドに横になっても、眠るどころじゃない。

リーンハルトが好きだ。

いや、ずっと好きだったんだ。

住む世界が違うとか、あまりに素晴らしいSSR騎士であるとか、そもそも男同士だとか、リーンハルトが自分に持っているのは神子へのかしずきだとか、もろもろ思っていたけれど。

だけど。

そんなの、ぶっちぎってしまうくらいに、好きで好きでたまらない。

——いや、だめだろ。そんなん、やってる場合じゃないだろ。

悶々《もんもん》としつつ、一夜が明けた。


翌朝。

目が覚めたアキは、いつものように羅針晶をぎゅっと握りしめた。あったかい。

「おはようございます、リーンハルト」

そう、小声で挨拶する。

——あれ？

そのときに、術法が目の前に現れた。

「読める……」

——そうか。狭間での神様スイッチだ。

アキははっと思いだした。

あの夢魔の鏡を渡したおばあさん。なんだか変だなと思ったのは、その手が若かったからだ。

もし、自分を狙ったのだとしたら、城から出て警備が手薄であるのを知っていたことになる。

慎重に。慎重に。アキの中のアラームがそう言っていた。

■20　訓練場の話し合い

「神子。もう、お身体はなんともないのですか」

「うん、平気。リーンハルトが看病してくれたからだよ」

アキとリーンハルトは、騎士団の訓練場に来ていた。ここなら、朝早い時間には、誰もいない。二人だけになれる。

「いつも、ここでリーンハルトは剣を教えているんだね」

「そうですね。手合わせをしたり、課題を出したり。士官候補生には兵法を教えたりしています」

正面には大きな剣と白い甲冑《かっちゅう》が飾られていた。最初に彼を見たときに身に帯びていた一式だ。

「リーンハルト。これ、聖剣バルリスクだよね？」

「そうですよ」

――聖剣とか、アイテムとしてめちゃくちゃ興味ある！

「持ってみてもいい？」

目を輝かせて言ったアキの言葉に、リーンハルトは珍しく逡巡《しゅんじゅん》していたが、うなずいた。

「そうですね。神子にお持ちいただくのなら、聖剣だとて異論はありますまい」

「あ、そっか。国宝だものね。そんな気軽に見せちゃ、だめだよね」

ふっと、リーンハルトは目元に笑みをにじませた。

「我が国の真の宝は、神子でしょう？」

ぐはっ！

リーンハルトがのべつまくなし、自分のことを褒めるのには、だいぶ慣れたけれど、それでもたまにこうして、ボディブローをかましてくる。

「もう、リーンハルトは、すぐにそういうことを言うんだからー！」

「真実なのですから、しかたがありません。さ、こちらを」

リーンハルトは、鞘《さや》ごとバルリスクを持ち上げると、アキに持たせてくれた。

「あれ？　思ったよりも、軽い？」

バルリスクは大剣だ。リーンハルトが背中に負うレベルだ。しかし、アキが軽々と持つことができる。もしかして、中身は紙細工とか竹製とかじゃないかしらと疑って、柄《つか》に手をかけ、引き抜こうとした。

「神子……！」

リーンハルトは止めたのだが、一瞬、遅かった。アキはそれを出してしまった。正確には鞘から引き抜こうとしたのだが、ほんのわずかな隙間ができただけで、終わってしまった。

「なに、これ。重いー！」

耐えきれず、アキはまた鞘に剣を納める。とたんに、剣はまた元の軽さを取り戻した。

「バルリスクは、鞘に納めてあるうちは、魔力によって重みをなくしてあるのです。抜き身になれば、本来の重さを取り戻します。神子の細い肩が折れてしまいますよ」

「リーンハルト、さすがです。こんなに重い剣をふるうことができるなんて」

「そうですね。鍛えておりますので」

そう言ってから、リーンハルトは頬を緩めた。

「……と、申し上げたいところですが、そのために、こちらの甲冑があるのです」

「なるほど……。アーマースーツなんですね」

うきうきと甲冑にふれる。見えた術法は、剣と一対のものであることが見てとれた。

リーンハルトは剣を元の場所に返した。

「神子。私になにかお話があるのではないのですか」

そう。侍女にもダニロにも聞かれないように、内緒の話をするため、ここに来たのだ。

「リーンハルト。ぼく、術法が、読めるようになったんです」

「神子……！」

しっと言って、アキはリーンハルトの口を塞ぐ。

「リーンハルトは、あの鏡をくれたおばあさんはあそこの住人ではないと言ってましたね」

「ええ。神子のおっしゃるような店は一つだけでした。そして、それは、その日一日、貸し出していたらしいのです」

「それが誰かは……」

「申し訳ありません。今、フランコが元を辿っていますが、いくつもの店を経由しており、なかなか大元に辿り着けない状況です。騎士たちは末世教を疑っているようですが」

「誰か、ぼくにこの泉の謎を解明されたら困る人間がいるということですよね」

「……」

リーンハルトは、それが自分のせいであるかのように、沈痛な面持《おもも》ちをしている。

「申し訳、ありません」

なぜ、謝るの？

「リーンハルトのせいじゃないです。それに、世界がちょっとずつ小さくなって、争いが絶えなくて、終わりが来るなんていったら、不安にもなるよね。末世教の人たちの気持ちもわからなくもないです」

日本の江戸時代終わりには、「ええじゃないか」と踊り狂う人たちがいたらしい。今まで、両手を伸ばせば届いたくらいの世界が、無限に広がったときの気持ちというのは、どうにもならないと思う。同様に、この世界において、徐々に世界が狭《せば》まっていき、もしかしたら終わってしまうかもしれないというのは、どんなにか、恐ろしいことに違いない。

「末世教がかかわっているかどうかはわからないのですが、これは、ぼくとリーンハルト様二人の秘密にして下さい」

「わかりました。私と神子の秘密ですね」

リーンハルトは不思議そうだった。

「それにしても、どうしてこの世界の終わりを望む者がいるのでしょうか。神に守られしこの地では、魔力さえ補えれば、豊かになれるというのに」

ぺかー。リーンハルト様は正しい。凛々《りり》しい。美しい。正しい。だからこそ、コンプレックス持ち、周囲に左右されてしまう者の気持ちはわからないのだろう。

「その通りなんです。でも、人は、いつも正しくまっすぐにはいられなかったりするんですよ。ただ、リーンハルト様はそのままでいてくださいよ」

「神子は、フランコのようなことを言うのですね。わかりました。私は、口をつぐんでいましょう。神子がいいと言うまで」

「ごめんなさい」

そんなことをして、だれが得をするのか。わからないが、できるだけ、内緒で行いたい。

■21　夜ごとに聖殿に

夜。部屋からこっそり出てくるのは、リーンハルトとアキの二人である。

「だ、大丈夫みたいです。誰もいません」

「ええ。この時間は巡回に出ているはずですからね」

リーンハルトは、砂時計を下げていた。

そっと忍び足で廊下を行く。

「フランコは安心しているでしょうね」

「フランコさんが？　どうしてですか？」

「私が夜になると訪れて、神子の素晴らしさについて語っていたからです」

「ああ、あのときもそうだったんですね」

は。素晴らしさってなに。

「ぼくは、素晴らしくないですよ」

「そんなことはないですよ」

「そう言ってもらえるように、がんばります」

ふっと立ち止まり、リーンハルトは微笑んだ。

「神子は、頼もしくなられましたね」

聖殿への転移陣がある部屋は、夜になると鍵と結界がかかる。鍵を持っているリーンハルトに案内され、リノといっしょにそっと忍び込む。

渡り廊下をこわごわと通り、アキは泉にふれて確認する。

「やっぱり、そうだ」

アキはうなずく。

『エイ・レハワの指南書』に書いてあったのと同じだ。原始魔法の術法《コード》が並んでいる。混沌の泉の今までの記録《ログ》を読み解く。

「うん、百年ほど前にわずかな狂いが生じたようですね。そこからずれていったみたいです」

リーンハルトが感心している。

「神子は、やはり素晴らしいですね」

「違うんです。これ、デバッグ……——えっと、間違いがないかどうかを確認する優秀な機能が付いているんですよ。素晴らしいのは、この泉の術法を作ったひとです。ほんとに、よくできてます」

修正しながら、解析を重ねていく。実際に使う前に、もっと検証しなくては。間違っていたらたいへんだ。

失敗したら、いったい、どんなことになるんだろうか。泉が爆発とか。そうなったら、この世界はぐぐっとあの山々が迫ってくるのか。それとも、砂漠になってしまうのか。地脈が涸れてしまったら、リーンハルトの元同僚で、これからソニアさんと結婚するカールさんも困るだろう。ニコだっけ。あの子、可愛かったなあ。いつか、王都に来るときがあるのかな。

「ほかの人と確認し合えたら、いいんですけど」

複数人でチェックするのは、プログラムの基本だ。

「私が、見ることができればよかったのですが」

「しかたないですよ。こればっかりは、どうにもならないですからね。リーンハルト様にここまで来ていただけるだけで、ぼくはとっても、助かっています」

「そうおっしゃっていただけると幸いです」

ぱあっとリーンハルトの顔がほころぶ。

もう、ほんとだよ。ここまで連れてきてもらえるんじゃなかったら、自分にこの泉まで辿り着けると思う？　ううん、思わないよね。むりだよね。むり、むり。

「うん。あと、五日あれば、なんとかなるんじゃないでしょうか」

いや、やらなくては。一週間もぶっ倒れているあいだに、ヒビが広がった気がするんだ。これ以上、ひどくならないうちに、直さないといけない。

■22　リーンハルト、出立

夕飯を軽くすませたあと、仮眠する。深夜になると、リーンハルトが迎えに来てくれる。リノを胸に抱いて二人してそっと抜け出す。不謹慎が過ぎるのだが、そのときには、ちょっとだけ、深夜のデートのようで、ときめいてしまう。

しょうがないではないか。自分はリーンハルトが好きなのだ。好きな相手と深夜、二人きりなのだ。

そんな気分も、聖殿に上るまでだ。泉に着くと、ひたすら根を詰めてデバッグにいそしむ。

「見回りが来る時間です」

混沌の泉は神殿の管轄で、数時間に一度、見回りが来る。その時間は身を低くしてやり過ごす。

とは言っても、深夜、聖殿に来るような物好きがいるとは思っていないのだろう。形だけランプをかざしてすぐに下りていってしまう。

時間は飛ぶように過ぎる。

「神子。朝の祈りが始まります」

そっとリーンハルトにささやかれたそのときには、かすかに空は明けつつある。目を細めながら、白んだ空を見ていると、懐かしささえ感じる。前の世界では、よくゲームのデバッグ作業に根を詰めて朝になったっけ。

「神子。行きましょう」

そう、リーンハルトにいざなわれて、帰途につく。

渡り廊下からは、チェラーノの下町が見えた。

部屋に帰りつき、朝食までひたすら寝る。

アキは圧倒的な昂揚感に満ちていた。

知らなかった。もしかして、自分はワーカホリックの気《け》があったのだろうか。完成に向かっているのが実感できると燃えてくる。

「ふ、ふふ」

あともう一日。もう一日だ。もうちょっとで、できる。

だが、夕食前に執務室にやってきたリーンハルトに告げられたのは、思いも寄らないことだった。

「神子。辺境付近の洞窟に魔物が出たので、単身、討伐に行くように命《めい》が下りました。本日ただいまから、行って参ります。馬を飛ばしても三日ほどかかりましょう」

ちょっと待ってよ。あと、一日なんだよ。嘘でしょう。

「明日になりませんか。せめて、明朝。いや、あと、三時間。ぼく、急いでやりますから」

せっかく、ここまで持ってきたのだ。あとは、落ちついて最後のチェックをして、立ち上げるだけなのに。

「行かないでください」

そう言うと、リーンハルトの顔は苦悩に歪んだ。

なんてひどいわがままを、自分は口にしているのだろう。たぶん、いまこのとき、苦悩しているのはリーンハルトのほうであろうに。

でも、どうしても、早くやってしまいたい。

リーンハルトは言った。

「私は……——国王陛下のご命令とあらば、この命さえ惜しまぬはずでした。そんな自分に満足しておりました。けれど、いまこのとき、神子のご命令に従い、あなたの意に沿うことができぬことが、こんなにもつらいとは。私の身が二つに引き裂かれそうな、そのような心地がします」

「ごめんなさい。あなたを悩ませるつもりではなかったんです」

そうですよね。リーンハルトは、王様に忠誠を誓った騎士だもの。清冽《せいれつ》なあなたのこと。王命であれば、赴きますよね。でも、今、その、正しさがつらいんです。

「いやな予感がするんです。一人でなんて、どうして……──」

リーンハルトは静かに微笑んでいた。そうですよね。答えることはできないですよね。ああ、もう。

「気をつけて下さいね」

ふっと、リーンハルトは微笑んだ。

リーンハルトがアキの身体をかき抱いた。彼のほうが、うんと身長が高いので、アキの身体は宙に浮き、足が床から離れてしまった。

「アキ。たとえ、どんな罠があったとしても、それをはねのけてみせます。そして、あなたのところに帰ります。あなたが、夢魔の鏡の誘惑を退け、私のところに帰ってきてくださったように」

「すぐに帰ってきてくださいね。ぜったいですよ。リノ様も、待ってますからね」

「ええ。約束しましょう」

アキは、ぎゅっと唇を嚙《か》みしめていたが、決心して、言う。

「もし、神子のつとめがなせたら、ぼく、あなたに伝えたいことがあるんです」

「それは、今、聞くわけにはいかないのですよね」

ここで伝えてしまったら、この心が萎《な》えてひよひよになってしまいそうなんだ。

首を振る。

「だめです。今は、まだ」

もうちょっとだから。できるから。

やってみせるから。

もし、今、神子の義務を果たしていないのに告白して、断られてしまったとしたら。

――ああ、そうだよね。神子の義務を果たせなかったんだもの。

きっと、そう思ってしまうことだろう。

逆に、もし、リーンハルトがうなずいてくれたとしても、素直に受け入れることができない。

――不出来な神子に、同情してくれたんだよね。

そう思ってしまうことだろう。

この義務を果たす前に、あなたとの関係を揺らしたくないんです。

これをやり遂げたそのときに、やっとスタートラインに立てる。そんな気がするんです。

さすが神子だと、あなたの誇りになってみせるから。

そうしたら、口にしても許される気がするんです。

あなたのことを、とても、かけがえなく好きになってしまったことを。

「わかりました。楽しみにしていましょう」

そう言うと、リーンハルトは、羅針晶にキスをした。

「あ……っ！」

なんだろう。自分の身体の中心に、とても、柔らかくて敏感なところに口づけられた気がした。

「リーンハルト……」

アキも、羅針晶を取り出した。唇をつけた。リーンハルトは、かすかに眉を寄せる。その二つは、互いを求めるように、中で赤い一滴が互いのほうに寄り、揺らめいている。

「アキ。必ず帰って、その言葉を聞きます。ですから、私が帰るまで、決して泉に近づいてはいけませんよ」

そう言って、リーンハルトは単身、旅立っていった。

■23　混沌の泉

その夜は、妙に城の騎士団寮に与えられたアキの室内が蒸していた。

――あとから考えてみれば、それこそが魔力の枯渇を示していたのだ。ようは、以前いた日本で言えば、「電力が足りないからクーラーが効かない」状態だ。だが、そのときのアキはそんなことにはまったく気がつかず、なんだか蒸していて寝苦しいなあ、なんて、とても呑気《のんき》にそんなことを思いながら、寝返りを打っていた――。

そう。あともうちょっと。リーンハルトが帰ってきたら、また待ち合わせて、すぐに泉に行こう。そして、作業して、術法を直して立ち上げて。きっときっと、やるんだ。

羅針晶を握りしめて、アキは気がついたことがある。ここにリーンハルトはいないのだ。今日は、彼は留守しているのだ。

――こんなに離れたことって、ないんじゃない？　初めてじゃない？

思えば、最初にふれた相手はリーンハルトで、それから、ずっとずっと、リーンハルトは自分と一緒にいたんだなあ。いてくれたんだなあ。本来のリーンハルトのお役目は騎士団の団長だ。神子のお守りではないのに。

最大限に離れていたとしても、この騎士団寮の中だけで。たいていはとても近くて。ともに食事をとり、おはようを言い、いってらっしゃいを告げ……――

小さな音がしたので、リーンハルトの寝室の扉をあけた。

そこにいたのは、リノ様だった。

「リノ様、どうしたの？」

アキが声をかけると、リノ様はちょろちょろと入り込んでくる。抱き上げて、広いベッドにのせてやったのだが、それでも、リノ様はなんだか落ちつかず、走り回っている。

「よーしよし、リノ様も寂しいよね。リーンハルトがいないと」

そう言って、リノ様の背中を撫でたときだった。リノ様がぶるっと身を震わせた。とたんに、ふっと、明かりが消えた。

「あわあわ」

寝室内に暗闇が訪れた。

「ぐはっ。いったい、どうしちゃったんだろう」

アキはそこらを手探りした。手がランプにふれた。

「ついて」

公用語で命じる。いつもなら、明るくなるのに、そのままだった。術法も見えない。

「停電？」

前にいた日本であれば、停電はたまに起きた。だが、こちらでは……——。

前に、自分で思ったじゃないか。魔力って電気に似ていると。少なくともある種のエネルギーであることは疑いない。それが、枯渇するとは、どういうことなのか。少し考えれば、わかることじゃないか。ようは、あの泉のヒビがいっそうひどくなったんだ。

「まままま、まずい。まずいよ、リノ様」

リノ様はきゅうと声をあげる。その身体が薄ぼんやりと光り出した。おぼろな街灯の光のようだ。そのリノ様がベッドから下りて、走り出す。寝室の扉のところまで行き、あけると、曇り空ながら夜の空はぼんやりと明るく、寝室よりはまだ室内が見てとれた。

「おかしいな」

そう言いながら、リノ様を連れて扉をあけ、廊下に出る。何人もの騎士や侍女たちが炎を宿したランプを手にして行き過ぎていった。

炎？　魔法ではなく？　そんなに？

——これは、緊急事態だ。

たしかに、混沌の泉はだいぶんヒビが入っていた。かなり、危ない段階に進んでいたことは認めよう。だが、一朝一夕に破滅するほどの損傷ではなかったはずなのだ。

「いったい、どうして」

リーンハルトに一人では行かないように言われている。けれど、今行かなかったら、明日はない。アキはリノ様を胸に抱くと夜着のまま、人が流れていく方向に向かっていった。こちらは、自分の拙《つたな》すぎる記憶に間違いがなければ、転移陣の方向だ。いつも、リーンハルトとともに夜、向かった場所だ。

城の中は、深夜だというのにざわめいている。深夜は鐘が鳴らないのでしかとはわからないのだが、体感では日付が変わる頃だろう。

だというのに、転移陣に至る扉の前には、人が押し寄せていた。

この城は、上から見たらドーナツのように丸く、まんなかが開いている。そこには地脈の中心であり発祥である混沌の泉をいただく聖大樹がある。そして、王宮、神殿、公府、そしてこの騎士団寮のそれぞれに転移陣があり、頭上高い混沌の泉のある聖殿へと通じているのだ。

この騎士団寮だけでなく、ほかの三つの転移の間にも人が押し寄せていることだろう。

「ごめんなさい、通してください」

「子ども？」

「どうして、子どもが？」

そこまで小さくないと思うんだけど、この国の人に比べれば、かなり非マッチョなので、そう見えてしまうのかもしれない。その中、フランコがアキを見つけてくれた。青い騎士の制服を、暑いからだろうか、緊急時だからだろうか、肩からひっかけている。

「神子、神子じゃないか」

だが、そんなフランコまで言ってきた。

「おい、いいのか。子どもがこんなところまで」

そんなに子どもじゃないですと言うよりも、「お願いします。ここに入れてください」とまずは頼んだ。

「それが、あかないんだよ。解錠したのに。ほら。結界の不具合らしい」

そう言って、フランコが手で扉にふれる。

「混沌の泉を直せるのは、ぼくだけです。ぼくが行きます」

リノ様がいるので、結界は無効になる。あっけなく扉は開いた。中に入ると、扉は自らの重みで閉まってしまう。

ただっぴろい転移の間に、自分一人。扉をどんどんと叩く音がしている。もう一度開こうとしたのだが、だめだった。ただ、転移陣だけが輝いている。それが、点滅しだした。

――もしかして、ここの魔力も尽きようとしているのか。

やばい。かなり、やばい事態だ。

「これ、乗っても大丈夫かな。途中で魔力が尽きてしまったら」

自分、まっさかさまじゃないか。

「リノ様はどう思う?」

そう問うと、ふわりとリノ様が飛んだ。

「えー、リノ様、飛べるの?」

今まで、自分やリーンハルトに運ばれるがままだったのに。なんということだろう。なんで。なんでなの。楽だから? だから、そうしていたの?

いらっとしたように――そう、アキには思えた――リノ様が、転移陣で待っている。点滅が速くなった。

もう、迷ってはいられない。このために、ここに来たんだ。

なんとしても、完遂せねば!

目をつぶって、大股で転移陣を踏む。ふわーと、エレベーターを最上階まで一気に上るかのような浮遊感があった。

頂上まで着いたときには、どきどきした。足がすくみそうになる。

リノ様がとっとと行かれてしまったので、アキはしかたなく、えいっとばかりに足を踏み出した。踏み出してよかった。転移陣が消えたからだ。魔力が尽きたのだろう。

「ひ、ひー！」

渡り廊下から違和感を覚える。

「町が、暗い……」

いつもリーンハルトとともに町の明かりを見ながら、聖殿の泉へと向かった。そして、帰るときにはすでに明るんでいて……。

ぎゅっと、胸の羅針晶を握りしめた。温かいのを確認して、心底ほっとする。

泉の縁には誰かがたたずんでいた。アキは微笑んだ。セラフィナだった。

「神子様。私」

「混沌の泉が心配でここまで来てくれたんですよね。セラフィナ様。そして、あなたには、術法がほんとは見えていた……」

「どうして、わかったの」

つらそうに、彼女は言った。

「同じような人を、知っているからです。とても、優秀な子でした。だから、自分ができないことが許せなかった」

既視感がアキに訪れていた。セラフィナの顔が後悔に歪む。

「言えなかったの。どうしても、言えなかったの。恥ずかしくて」

——辻《つじ》くん。わからないなら。言えばよかっただろ。

——そんなこと、言えるわけ、ないじゃないですか。


「神子。あなたが術法が見えないと知ったときに、私、安心さえしたの。今は、見えるのね？」

「ええ。見えます」

「理解できるのね？　救世の神子だから」

「セラフィナ様。ぼくが原始魔法の術法を理解できたのは、やったことがあったからです。一見でわかるようなものじゃないんです。わからないことは、恥ずかしいことでもなんでもないんですよ」

「……ごめんなさい……」

「最初から、協力できればよかったですね。そうしたら、もっと早く終わったのに」

セラフィナが小さいので、いじめている気になるよ。こんなに小さな子に、責務を負わせて胸が痛む。

「今からでも、遅くありません。ダブルチェックしましょう」

「だぶ……？」

「二人でやりましょう」

「はい！」

ぱっとセラフィナの顔が輝いた。

術法を記述するには、ウィンドウを開く。こちらでは、術法の窓というらしい。それは、その人固有のもので、互いには見られない。

エラーを目視チェックして、修正していく。

「セラフィナ様。紫と黄色のところは、無視しても大丈夫です。ピンクと赤の箇所があったら、左にある行数を指定して下さい」

「わかりました」

二人でやれば、速い。一時間ちょっとで、最後のチェックは終わった。あとは、新しい術法に書き換えるだけだ。

アキは手を伸ばした。

その手に、痛みが走った。

――へ？

自分の手の甲に、赤い筋が走っている。切られたのだと認識したのと、「ベルタ！」とセラフィナが叫んだのは、同時だった。

ベルタが立っていた。髪が、逆立ってうねっている。自分の手を切ったのは、彼女の髪らしかった。髪？

「どうやって、ここまで来られたのですか」

もう、魔力は尽きていたはずだ。転移陣なしではあがってこられないはずなのに。

ベルタは答えなかった。彼女の黒い髪はますます伸び、泉のヒビの隙間に、潜り込んでいった。

「あはははは！」

怪鳥のような、彼女の笑いが響いた。その目がまっくろなのを見た。髪は渦巻き、彼女自身を飲み込んでいった。

そして、髪は、泉に突き立った。ねじくれていき、育ち、災いの樹がそびえ立つ。

ただ一人の生き残り。どうして、生き残ることができたのか。

それは、災いの樹の生存戦略なのではないか。寄生虫がある種のカタツムリを支配するように、災いの樹はベルタを支配したのではないか。

災いの樹は、魔力を吸い上げ巨大化し続ける。

聖殿が揺れた。

「神子！」

セラフィナがこの腕を掴んでいる。

「バルリスクなら」

そう、バルリスクなら、災いの樹を切ることができる。

アキは羅針晶を両手で持った。それが、熱くなる。繋がっている。そう、思った。

「リーンハルト、帰ってきて！」

ふっと、見えた。リーンハルトがどこかの洞窟にいる。自分の声に振り向いている。そうだよ、ここだよ。助けて。たいへんなんだ。

だが、その瞬間、リーンハルトの足下から巨大な災いの樹が立ち上がった。それにリーンハルトは、覆い隠されてしまう。

ハッと気がつくと、アキは元の聖殿にいた。

――幻……。

そう、思いたい。だが、手のうちで羅針晶は冷たくなっていった。

――リーンハルト……？

聖殿の天井が災いの樹によって崩れ落ちる。

クリスマスツリーみたいだ。黒いサンタの黒いツリー。

そこにぴかぴか輝くボールが飾られ始めた。それは、魔力を吸い上げた末に咲いた花だ。

「まずい……。花が……」

「ああ、樹上が！」

セラフィナが悲鳴を上げる。

災いの樹の一番上が、らっぱ状に膨らみ始めていた。種子を蒔こうとしているのだ。

クリスマスツリーのてっぺんの星は、救世主の誕生を示す希望の星だとどこかで聞いた。導きの、天頂の星《トップスター》。

だけど、この黒い災いの樹の一番上にあるのは、絶望だ。吹き鳴らされたとたんに、世界が終わる、終末のらっぱだ。

山がうなっている。世界が終わる。

「ああ……」

ぼくは、なにもできなかった。

また、なにもできなかった。

「リーンハルト、リーンハルトぉ……！」

ぼくの、ＳＳＲ騎士。

ぼく、あなたに言っていない。

どれだけ、あなたが好きか。あなたに感謝しているか。あなたを見ると、胸が熱くなるか。

無力感だけが、自分を苛んでいる。

セラフィナが震えている。彼女を背後にかばいながら、悔しくて、歯噛みして災いの樹を睨んだ。

「あははははは」

樹は、自分たちをあざ笑うかのように、枝を揺らす。ベルタの姿は、もう、見えない。

そのとき、力強くここに向かって、一直線に飛んでくる一頭のファランに気がついた。手の中の羅針晶は相変わらず冷たい。だのに、アキはそれがリーンハルトだと思った。だって、そっくりだ。自分があの人のところに向かっていったときと、同じ、ひたむきさだ。

闇にも白く輝くいきものは、聖殿内に舞い降りる。

ファランが口を開くと、そこから、ずり落ちるように、リーンハルトが出てきた。羅針晶が温かくなり、底に沈んでいたリーンハルトの血はふわりと浮き上がった。

「リーンハルト！」

手には、大剣を持っている。聖剣バルリスクだ。

「ほんとに、リーンハルト？」

「ええ、アキ。あなたの騎士ですよ」

リーンハルトの顔は汚れていた。息が上がっている。剣を持ち上げることができない。ひきずりながら歩いた。床に火花が散る。

炎が暗い聖殿の床に軌跡を描く。

災いの樹は、細い枝でリーンハルトをむち打とうとした。だが、リーンハルトは籠手《こて》でうるさげにそれを払った。

混沌の泉、災いの樹の根元まで来た。

リーンハルトはバルリスクをふりかぶる。それは、災いの樹を切り裂いた。天まで、炎が上がる。

その炎は、城下町からも見えたという。


バルリスクは「魔」だけを絶つ。災いの樹から転がり落ちたベルタを、リーンハルトが抱きとめて、床に寝かせた。彼女は、死んでいるかのように冷たかったが、胸が上下していてセラフィナを安堵《あんど》させた。

「神子。泉を」

「はい！」

アキは、急いで泉を確認する。あまりに大きく破損している。術法は、読み取れない。

「もう……」

「そうですか」

リーンハルト。どうして、笑えるんですか。こんな無為の神子なのに。なんで、優しくしてくれるんですか。

その優しさがつらくて、足下までやってきたリノ様を抱きしめ、謝る。

「リノ様、ごめんね。きみたちの世界なのに」

術法が点滅した。寝室で撫でたときには見えなかったのに。

——え、なに？　これ、リノ様から？

解読すれば、こうなる。

『未完成なので、インストール不可能です』

ファランたちが、歌っている。国の始まりと終わり。泉こそ、カーテルモント聖王国。

ダニロの言葉を思い出す。

——ファランはなにを思って聖殿の周囲を飛ぶんだろう。

ファランの守護者のリーンハルト。

国の始まりと終わりに歌う、ファラン。

すべてが繫がっていく。そうか。そういうことか。

アキは震えた。

「ファランは、混沌の泉のバックアップを司《つかさど》っているんだ。サーバーなんだ」

「神子？」

リノ様のそれは、まだ未完成だった。幼獣だからだろう。アキは、リーンハルトに頼んだ。

「リーンハルト。ファランに頼めますか。この泉を再立ち上げするから、バックアップを提供してくれって」

バックアップがなにかはわからなかっただろうが、リーンハルトは「わかりました」と言うと、さきほど自分を運んできたファランの首に手をやり、なにごとかささやいた。

そのファランは甲高く鳴いた。

理解したのだろう。

飛んでいたファランたちが、先を争って、その身をくねらせながら、聖殿内に入ってこようとしたから。

「ひーっ」

なかなかに壮絶な光景だった。その中の一頭にふれる。

完全な術法がそこにはあった。

『インストーラーを確認しました』

え、もしかして、インストーラーってぼくのこと？

『原始術法の履歴です。どれを選びますか』

「一番最新の完動術法を」

『百三年前のものとなります。インストーラーは、バックアップと混沌の泉に、ふれてください』

おそるおそる、泉とファラン、両方にふれた。

とたんに、ファランから原始術法があふれてあふれて、とおりすぎて、もう片方の手から泉へと流れていった。

「うっわ！」

「神子？」

「リーンハルト。ぼく、インストーラーだったんです。それで、元の術法はファランにあるんです」

リーンハルトは怪訝《けげん》な顔をしている。そうだよね。難しいよね。セラフィナが訊《たず》ねてきた。

「神子。それはつまり、この泉がだめになってしまったときのために、ファランがきちんと作動する原始術法を持っている。けれど、ファランは直接はそれを泉に入れることはできない。くみ出して入れるためには、バケツのようなものが必要で、それが神子ということですか」

「うまいこと言いますね。そんな感じです」

「平気なのですか、神子のお身体は」

めちゃくちゃ術法が流れていくけれど、あくまでも自分を通過するだけだ。

「今のところは」

そうか。インストーラーが危機に陥ったので、このまえ、展望台でファランは鳴いたんだ。

「ファランは、文字通り、国の守護獣だったんですね」

——ファラン歌うとき、国は始まる。

あれは、真実だった。ここから、混沌の泉は始まったのだ。

数分ののち、『終了しました』の文字が、体内を通り過ぎていった。

泉にふれると、ウィンドウが開いた。

『起動しますか?』

セラフィナが言った。

「神子様。お願いいたします」

リーンハルトを見た。彼は、うなずく。

「神子。迷うことはありません。あなたとともにカーテルモント聖王国はあるのです。今宵、この国は再生するのです」

「はい」

もう、やるしかないのだ。

「お願い、動いて!」

アキは、混沌の泉の術法を起動させた。

チカチカとまたたき、混沌の泉は修復されていく。輝きながら、少しの隙間もなくガラスのドームは完成され、魔力のプリズムは今まで見たことがないくらいに輝き始めた。町に明かりが戻り始める。

——成《な》った。

囲碁《いご》や将棋《しょうぎ》じゃあるまいし。だけど、なんだかわからないけど、アキはそう思ったのだ。

——成ったんだ。

へなへなと崩れ落ちるのを、リーンハルトが支えてくれた。

「よく、がんばりました。アキ」

「私、神殿から医官を呼んできます！」

セラフィナが神殿側の転移陣へと走り去った。

改めて、リーンハルトを見つめる。

「……ご無事で」

顔がすすけている。鎧《よろい》が汚れている。その顔に手を伸ばしてふれた。最初みたいに。リーンハルトはそのままにさせている。

「アキ。あなたのために、帰ってきました」

「最高です。ぼくの騎士は」

抱きつくと、ファランの分泌液で、鎧はぬるついていた。

咳払《せきばら》いが聞こえた。フランコだった。

転移陣が作動したので、騎士たちや医官が来ていた。ベルタはぐるぐるまきに捕縛されて、たんかにのせられている。

フランコが言った。

「アキ、リーンハルト。とにかく、少し休め。このあと、査問会が開かれるから、疲れをとっておけよ」

アキとリーンハルトは、フランコの言葉に、甘えることにした。

■24　リーンハルトの部屋

リーンハルトは彼の部屋で鎧を脱ぎつつ回復魔法を受け、立ったままビスケットをかじって洋梨のフォミルを飲んだ。傷は塞がったが、とうぶん痛みましょうと医官は言った。

若干、顔色がよくなったようなので、アキは安心したが、まだ動作は緩慢で完全に復活したわけではないことを感じる。

「査問会で、国王陛下に拝謁するまえに、身を清めたいのだが……」

そうリーンハルトが言ったときに、アキはまっさきに手を上げた。

「ぼくが。ぼくがやります。やらせてください」

というわけで。

今、リーンハルトのバスルームで、アキは一生懸命、彼を清めている最中だった。

「そのようなことを、神子にさせるわけには」と侍女が言ったのだが、どうしても、そこは曲げられなかった。侍女が自分にこれを譲ってくれたのは、リーンハルトとアキ、互いの羅針晶が胸元からこぼれていて、雫が寄り添っていたのを見たのと、リーンハルトが彼にしては珍しいことに「神子にお願いしたい」と言ってくれたからだった。

これは、自分の身勝手だ。今のリーンハルトを、ほかの人にさわらせたくない。

大切なリーンハルトを、ていねいに扱いたい。

バスルームは自分の部屋のものとだいたい同じだった。

ただ、香りが違う。

いつもリーンハルトから漂っている、咲き誇る薔薇《ばら》の花みたいな豪華さと、その奥底にくすぶる麝香のようなこちらの魂《たましい》をくすぐる匂いと。湯に溶かしたオイルや蕾形《つぼみがた》のシャワーから出てくるサボンすべてがその香りをまとっているのだ。

「リーンハルトの髪を洗うのは、こちらのものでいいのですよね」

バスタブのかたわらには、小さな真鍮《しんちゅう》の飾り棚があり、そこにいくつかの壜《びん》があった。

その一つを手に取る。

「ええ」

リーンハルトは言葉少なだった。

「髪を洗いますね」

リーンハルトの髪によい香りのシャボンを泡立ててすいていく。ああ、よかったと思うと、めめしくも、ぐすぐすと涙が勝手に出てくる。

リーンハルトが怪訝な顔をしている。

「神子……?」

「洞窟みたいなとこで、リーンハルトの足下から、災いの樹が生えてくるのを見ました」

「ああ」

リーンハルトは嬉しそうに笑う。なんで？

「私にも、あなたの声が聞こえました。あのとき、念のため、洞窟にファランに同行してもらっていたのです」

淡々と彼は言う。

「ファランは、体内に子を運ぶための器官を擁しています。あなたを助けに行くために、ファランに飲み込まれたのですよ。ファランの成獣は不可侵です。どんな魔力も、山を砕く力も、溶岩にも、傷つきません。遮断します」

そうか。だから、魔力も遮断して、羅針晶が冷たくなったんだね。

ファランって、すごい生き物だな。神様は、こんなにも強固にこの泉の術法を保持してくれていたのだ。案外、神様は人間のことが好きなのかな。

「アキ。なによりも、あなたが心配だった。あなたに万が一のことがあったらと思うと、この心臓が切り裂かれるようでした」

「ぼくもですよ。あなたの羅針晶が冷たくなったときには、絶望しました」

「すぐに帰ると言ったでしょう？」

この、美しくほかに代えがたい貴重な人を、あともう少しで失うところだったのだと思うと、よけいにまた、泣けてくる。

災いの樹が種を散らす前に断ち切ることができてよかった。

この、素晴らしい人を失わずに済んで、ほんとに、ほんとに、よかった。

間一髪。よかったよおおお。

「あのときの、リーンハルト。最高でした。今まで知っているどのレアキャラより、リーンハルトのほうが、かっこよかったです」

そう言って、彼の髪の泡を流す。ふっと、こちらを見上げてリーンハルトが笑った。

「ほんとうですか？」

「はい。段違いです！」

彼が、手を伸ばしてくる。頰に指がふれる。

あれ、なんだろ。この指の動かし方、いつもと違う。

ぞくぞくする、みたいな。

「アキも素晴らしかったですよ。あなたがファランを呼び、泉を再び生き返らせたときには、創世記をこの目で見ているようでした。あなたは神々《こうごう》しく、輝いているようでした」

疲れているからだろうか。

半分、熱に浮かされているようだった。頰が紅潮している。口元が緩み、赤い唇が吐息とともに言葉を熱く紡《つむ》ぎ出す。

「あなたこそが、なによりの宝。あなたに勝るものなど、この世にはないのだと、確信いたしました」

「も、リーンハルトってば、そんな。あれは、セラフィナ様も、リーンハルト様も、がんばってくれたからで……」

「謙虚なところも素晴らしい。けれど、神子はおのれを、もっと誇ってもよろしいと存じますよ」

「……うう……」

抑えようとしてもだめだった。涙とか鼻水とか感動とか。

すべてがいちどきに押し寄せてきた。

あなたにそう言ってもらいたくて。

そして、それを自分でもそうだと信じたくて。

無為の神子。だめな神子。はずれ神子。

そう言われて、もうぼくなんてここにはいらないと、ほかのだれかに取り替えて欲しいなんて不遜《ふそん》なことを願った日々。

あなたに諭されて、そして、生まれ変わった猟師小屋での一夜。

なんとかしようともがき始めて、希望を見いだしたとき。

希望を絶望にすり替えられて、膝を抱え、ついには夢に逃げた時間。

未熟な自分が恥ずかしくて、顔から火が出そうだ。

それでも、思う。

ぼく、がんばった。未《いま》だかつてないくらいに、がんばったんだ。

「どうしました？　神子」

「う、うれじぐでー。リーンハルトに、大好きなリーンハルトに、そう言ってもらって、ぼぐー」

頬にあったリーンハルトの指が、この首筋にまで動いていく。

——あっ！

なんか、これ。やっぱり。おかしな気持ちになるー。

「神子も湯浴《ゆあ》みがまだでしたね。二人で入りましょうか」

「二人でって、なにを言って……」

なんだろ。リーンハルト、おかしいな。酔っているんだろうか。そう思ったのだが、彼は熱のこもった瞳でアキを見つめると、アキの首にかけていた手を肩に滑らし、もう片方で手を取ると強く引いた。

「あわ、あわっ！」

うまくリーンハルトが身体で受けとめてくれたけれど、服を着たまま、アキはバスタブの中に落ちてしまった。

リーンハルトが言った。

「濡れてしまいましたね」

「もう、リーンハルトがやったんでしょう」

よし、今だ。

アキは足を投げ出しているリーンハルトの真正面に座った。

リーンハルト、聞いて。

「あなたが、好きです。あなただけが、好きです」

「アキ……」

リーンハルトの美しい眉が動いた。

「待ってください」

まだこちらのターンだからね。

両手でリーンハルトの口を、しっかりとアキは塞いだ。驚いたのだろう。青い目が見開かれている。

「まだです。まだなにも言わないでください。ぼくがあなたにまず、全部、伝えたいんです。そのために、がんばったんです。うんとうんと、がんばったんです」

口を塞がれたリーンハルトが、どこか楽しそうにこちらを見ている。

なんか。いつもより、こう。艶《なま》めかしい。珍しく疲れているからか。髪がこんなふうに濡れているせいか。

彼の口を塞いでいる手のひらをちろりと舐められて、びくっとした。

「もう、だめです。いたずらしちゃ。聞いてくれないと、いけません。あなたは、ぼくにとって、最初から特別に輝く人でした。SSRでした」

だけど、それだけじゃない。あなたとぼくには、二人だけの物語があるんだ。

「こっちで、何もわからないぼくを気遣ってくれたり、いっしょに馬に乗ったり、騎士の石碑にお参りに行ったり、踊ったり、迷子になったり、一生懸命打開策を探したり、帰らずの病になったときには看病してくれたり。そして、あの魔物を打ち払ってくれて。もっともっと、ずっと一生いたいくらいに、好きっていうのじゃ、おさまらないくらいに、あなたがいいってなっちゃいました。あなたが、好きなんです」

そっと、アキは手を外した。

「アキ……」

リーンハルトがアキの名前を呼んだ。

「はい」

その名前を猟師小屋で、初めて呼んでくれたのは、リーンハルトだった。あのとき、自分はどんなにか嬉しかったことか。

「ん……？」

はっと気がつくと、自分は服のままリーンハルトの腿《もも》の上に馬乗りになっている。なんか、けっこう、大胆じゃないか、このポーズ？

しかも、ファランの分泌液でちょっとぬるついている。ぬるぬるのぷるぷるのリーンハルトの裸の腿の上で、服を着たままでいる自分。

このことに、リーンハルトは気がついているのだろうか。

今までは、恋心を伝えるのに必死だったが、なんか、こう、やばい。アキは、じょじょにじょじょに、じりじり腰を持ち上げてリーンハルトから離れようとした。

リーンハルトが、にこっと笑った。

「あっ」

まずい。気がついてる。腕を摑んで、引き戻される。ぬるりと足の間に、深くリーンハルトの腿が入ってきた。

リーンハルトの足が振動した。

「あ、や……っ！」

そんな。そんなことを、されたら。敏感なこの身体に、初めてのそんな官能を伝えられたら。耐えられなくなってしまうじゃないか。

口をあけてしまう。喉から震え声が出る。足がふるふると揺れている。腰の間にあるリーンハルトの足が自分の身体の底を揺すり続け、たまらず、彼の肩に手を置いた。

リーンハルトの顔が間近に見える。「悪い」顔をしている。楽しそうだ。それが、たまらず、いい。

湯がはねて、リーンハルトみたいな、花と麝香の匂いを満ちさせた。

ぐっと、アキは腿を閉じようとしたが、リーンハルトの足がそれを許さない。

「出ちゃう、出ちゃいます、リーンハルト！」

悲鳴に近い声が上がった。くんと湯の中で身がそった。目の前が爆発しそうな快感が訪れる。

それと同時に、出してしまった。着衣で、湯の中に。

「うわ……！」

控えめなノックの音がした。侍女から「リーンハルト様、神子様。国王陛下から査問会においでくださるよう、使いが参っております」と声がかかる。

ふにゃとわけのわからない返答をしたアキを制するように、「すぐに行く」とリーンハルトが返答する。さらに「神子はお疲れであるゆえ、明日参上する」と付け加えた。

「大丈夫ですよ。行けますよ」と言おうとしたのだが、さっきの吐精のせいか、それとも安心しきったせいか、アキは立つことができなかった。

「あれ？　あれ？」

リーンハルトは立ち上がりざっと湯を浴びた。そして「では、のちほど」とささやいて、出て行った。あとに残されたアキは、ただひたすらぼーっとしていた。

心配して様子を見に来た侍女が、着衣のまま、湯に浸かっているアキを見て驚いていたのは覚えている。

「まあ、神子様……！」

このときばかりは恥ずかしいなどと言っている元気もなく、ただ彼女たちに脱がされ洗われるのに任せたアキなのであった。

■25　神子とリーンハルトの三日間

「神子様？　いかがいたしました？」

「あ、いえ。なんでもないです。セラフィナ様」

アキはそう、返答する。

ここは聖殿のある混沌の泉。崩れた天井や柱を職人たちが修理している。そのかたわらで、アキとセラフィナは神官と侍女と騎士たちに囲まれ、セラフィナへのレクチャーを兼ねて術法の細かいチェックを行っていた。

セラフィナは国の危機に際して「原始術法が見えることを隠していた」ことを責められたが、アキがかばったため、今回は不問となった。

あの、ファランが鳴き、この国が再生を果たしてから三日が経った。城内はまだまだ、あわただしく、リーンハルトとはあれから、査問会で顔を合わせただけだ。会いたかった。

――だめだめ、仕事、仕事。

そうだぞ、アキ。リリースするだけが仕事じゃないぞ。それからのメンテナンスも肝心なのだ。

「それじゃ、セラフィナ様。一二八行目を参照してください」

「はい。神子様。ちょっと待ってくださいね」

――がんばってくれているよなあ。

細い身体に小さなおとがい。薄桃色の髪に赤い瞳。幼いのに、セラフィナはすごい。さすが、神官長に選ばれるだけある。

術法を見ていたセラフィナが、ぽつりと言った。

「私は……――勇気のない人間です」

「そんなことはないでしょう。私に『見えている』ことを言い出すのは、勇気が必要でしたよね」

「神子様は、すごいです。私とそう変わらない年頃なのに」

――ちょっと待って。

「ごめんなさい、セラフィナ様はおいくつですか?」

「このまえ、十二歳になりました」

え、いくらなんでも。

セラフィナって、自分がもし元の年齢だとしたら、娘だって言ってもおかしくないよね。

そして、この転生後の肉体だって、いくら、若く見えるにしても、そこまでじゃないでしょう。

「あの、たぶん、ぼくは、セラフィナ様が思っているよりは、もうちょっとはおとなだと思います」

うん、二十歳くらいは上だね。

「それに、セラフィナ様が『見える』のがわかっていたら、ベルタが黙ってなかったと思いますよ。こうして二人でチェックができて、ぼくはうれしいです」

ベルタは巧妙に、周囲を洗脳していた。ばれたら、ただじゃ済まなかったんじゃないかな。

「セラフィナ様は、時期が来るのを待ち、ぼくのところに来てくれた。あなたがいたから、ぼくに再起動の決断ができたんです。あなたは、勝機を待って行動できる、すごい人ですよ」

小さな肩が震えた。

「そのように、言っていただけるとは……」

「ずっと誰にも言えなくて、つらかったですよね。よく、がんばりました」

「神子様は、ふしぎな方ですね。私は神官でありながら、今初めて、神を感じた気がします」

侍女が近寄ってきた。

「神子様。騎士団長リーンハルトが接見を申し出ております」

「リーンハルトが？　セラフィナ様、すみません。休憩にしましょう」

アキは立ち上がった。見ると、リーンハルトは少し離れたところから、こちらを見ている。

「リーンハルト！」

あの再生の日から、リーンハルトとはほとんど会っていない。

ただ、自分が一方的に羅針晶に語りかけ、口づけていただけだ。

——久しぶりにリーンハルトと話せる！

アキはうきうきとリーンハルトの元に駆け寄った。

アキが近づくとリーンハルトは礼をした。そして、挨拶してきた。

「神子殿におかれましては、ご機嫌麗《うるわ》しく」

ん？

「なに、リーンハルト。どうしちゃったの？」

——神子殿って、それじゃ、最初に会ったときみたいじゃない。親しくなる前みたいじゃない？

「神子殿は救世の奇蹟《きせき》をなしとげた方。私ごときが気軽に呼んでいいわけがありません」

——はあ？　はあ？　はあ？

なにが起こっているの？

「本日は、今現在の状況をお知らせしたく」

「あ、はい」

セラフィナはお茶を飲んでいた。うん、こちらの言っていることは届かない距離だね。

「あの。ベルタさんは、どうなってますか」

「幾重にも結界を張った塔にて療養中です。まだ、意識が戻りません。聴取はそれからになります」

滅びてしまった村の、最後の生き残りなのだ。災いの樹に操られていたベルタが、あまりひどいことにはならないといいなあと思ってしまう。

「また、神殿のかなりの者がベルタから洗脳を受けていたらしく。末世教との繋がりの洗い出し含めて、立て直しにはしばらくかかりましょう」

「神殿は大揺れですね」

たいへんだなあとため息をつく。リーンハルトは言った。

「神子殿こそ、これからますます忙しくなりましょう。地方から早馬が駆けつけ始めております。地脈を整えて欲しいとか、村の様子を見て欲しいとか。今のところ、王都の修復が第一なので、止めておりますが、いずれ神子府が設立されるというのが、もっぱらの噂です」

「神子府？　なんですか、それ？」

「神子殿の生活全般から御幸《みゆき》やご意向を担当する府です。現在は、私が神子召喚を強く推したため、騎士団預かりとなっておりますが、こうなった暁には、正式な管理部門が必要となりましょうから」

――まじか？

考えてもみて下さい。自分のために官庁ができてしまうんですよ。いや、それよりなにより。

「リーンハルトは、いっしょにいてくれないんですか」

リーンハルトは微笑んだ。なんだか、よそゆきの笑顔だと思った。

「リーンハルト。ぼく、今のままがいいです。リーンハルトといたいです」

必死な訴えだった。リーンハルトは一瞬、動揺を見せたのだが、すぐにそれを隠して、膝を突いた。アキの手を取ると、その甲に唇を寄せる。

「騎士団筆頭、リーンハルト・ドラーゴ・コルネリア・ド・ヴィンテ、国王陛下の名の下《もと》に、神子殿の御身の安全と安寧をお守りします」

「国王陛下の名の下に、ですか」

「はい」

それって、それって、どういうこと？　いかん。頭がくらくらする。

「それでは、失礼いたします」

リーンハルトはくるりと身を翻《ひるがえ》した。騎士団寮に向かって歩を進める。アキは彼が振り返ってくれることを、「今のは冗談ですよ、アキ。このリーンハルト、神子と運命をともにします」と笑って帰ってきてくれることを期待したのだが、そんなことは起こらなかった。転移陣にまで歩いていくと、その姿は虹のようなプリズムの光に包まれ、消えていった。

■26　アキの煩悶《はんもん》

「えー、えー、なんだよ。なんなんだよ。リーンハルト、冷たいよ。もう、用なしなの？　いらないの？　神子のつとめ終わったから？　嘘でしょ？　リーンハルトはそんなんじゃないでしょ？」

ただっ広いベッドの上で身を伏せて、アキは手足をジタバタさせる。

今は夜。

「また、のちほど」って言ったじゃん。その「のちほど」っていつだよ。寝室の鍵はこっち側はあけてるのに。リーンハルトのほうはしっかりと掛けてるってどういうこと？

今日も一人でごはんを食べた。寂しかった。このところ、ずっと一人だ。

昼間、ちょー久しぶりにリーンハルトに会えたから、もっとたくさん話をしたかったのに。なんだか、よそよそしかった。

セラフィナ様とか、騎士とか、侍女とか、神官の人たちとかがいたからかな。

「うー。このまえ。リーンハルトだって、ぼくのこと好きだって。そう、言ってくれたのに」

——ん？

アキはベッドの上に起き直った。そして、白い夜着姿で正座をした。気がついてしまった。言ってない。言ってなかった。そんなこと、ひとことも言ってなかった。

ただ、自分が熱を帯びたリーンハルトの口を手で塞いだだけだ。

「でもでも、でもでもー！　リーンハルトの指が、こう、いつもと違う感じだったし」

ふれ方が、違っていた。いつもは親愛を示すあの人の指が、あのときばかりは、欲望を伝えていた。官能的、だった。

「首の後ろにさわったときも、すごく、さわさわってしたし」

あのぞよめく感触を、アキはとてもよく覚えている。

「そ、それに。それに、ぼくのこと、風呂の中に入れて、足をこう、腿の間に……間に……」

だが、よく思い出してみると、そのときでさえ、リーンハルトは「好き」とも「愛している」とも言っていないのだ。

いや、でも、リーンハルトなら。自分の知っているリーンハルトなら。そんな甘美な刺激を、なんとも思っていない相手にはしないだろう。

しない、はず。

だよ、な？

――いや、待って。待って。

あのときは、ファランの分泌液でバスタブの湯は若干、ぬめっていて。リーンハルトに向かって身体を傾けていた自分は自然と彼の腿を自分の腿で深く挟む形になっていた。

たまたま、だとしたら？

今となっては、そのときの自分はあまりに興奮しきっていたので、なんの確証もない。どんどん、気持ちが「あれ、偶然ああなったんじゃね？」に傾いている。

えー？　でも、あのときのリーンハルト、笑っていたよね。すごく、こう、楽しそうな感じに。それに、だいたい、小刻みに動かしてたよね。だよね？

はっと、気がついた。どうして、その可能性に思い至らなかったのだろうか。

「もしかしてあれは……――貧乏ゆすり？」

もし、ここに誰か事情を知る者があったとしたら、こうツッコミを入れてくれたであろう。

――そんなわけ、あるかーい！

だが、悲しいかな。そこにはそんな人間はいなかった。そして、神子ことアキは、その手のことに不慣れであった。

貧乏ゆすりだとしたら、すべての理屈が付く。いつもはしなかったけど、あのときのリーンハルトは疲れ切っていた。きっと、きっと、つい、クセが出ちゃったんだ。

ということは……――ぼくは、ふられた？

じゃあ、そう言ってくれればいいのに。

どんどんとベッドを叩きつつ、身をよじるのだが、自分を救世の神子として崇《あが》めるリーンハルトのこと、こちらを傷つけまいとしているのかもしれない。きっとそうだ。そうに決まった。

アキの恋心は、どんどんとおかしな方向に脱線してしまっていたのだった。

「リーンハルトぉ……」

告白、しなきゃよかったのかな。でも、そのためにがんばったんだもの。

言わずにはいられなかったよ。どうしても。

■27　フランコの部屋　騎士の煩悶

ここは、フランコの部屋だ。フランコは酒を飲みつつ、執務机のほうを見る。

暗い。

リーンハルトは暗かった。

制服を脱いでシャツ姿のリーンハルトは、フランコの執務机の椅子に座っていた。

「なにが、『また、のちほど』だ。俺は……最低だ！」

ごんごんごん！　鈍い音がした。

リーンハルトが自らの額《ひたい》を執務机に打ち付けたのだ。フランコは彼を止める
「それ、俺の机だよ！　それにおまえ、せっかくのきれいな顔が台無しだよ。神子だって、おまえの顔が好きだろう。悲しむよ」

ハッとしてリーンハルトは動作をやめた。よかった。

「あのさ。なにがあったか知らないけどさ。とりあえず、この国の窮状は救ってくれたんでしょ。神子の心証もずいぶんといいものになってる。なによりじゃないのか」

「そうだな。そうなるな」

めったに見せない、リーンハルトの落ち込みっぷりに、おののくと同時にこの男はこんなんなっても男前だなあと見とれてしまう。

「今日、マローネ公爵に呼ばれて、打診を受けた。神子府を作りたい。ひいては、そこの大臣に自分を推薦して欲しいと」

「えー……」

フランコはあきれた。さすがに、その可能性は考えていなかった。

「図々《ずうずう》しいにもほどがあるだろう。あいつがなにしたって言うんだよ？　今回の神子召喚には、反対していたくせに」

「マローネ公爵は、神官長であるセラフィナ様と神子殿の婚姻を打診されてきた」

ぶっふーと盛大に、フランコは飲んでいた酒を噴いた。

口の端からこぼれていく。

「嘘だろ……」

「ほんとうだ。神子を帰らずの病から守るためにも、そうするべきだと」

このカーテルモント聖王国で婚姻し、家族を作った神子で帰らずの病に罹患した者はいない。

「ああ、セラフィナ様はマローネ公爵の遠縁に当たるんだっけな。この期《ご》に及んで、まだ政事の中枢に返り咲こうと必死なわけだ。おまえ、それで、断ったんだろうな」

リーンハルトは答えない。

「おいおい、なにを考えているんだよ、なにを。嘘だろう。おまえ」

「フランコ……」

苦しげに、リーンハルトは言った。なにを、言われるのだろうとフランコは身構えた。

「俺は……神子殿を……恋い慕っている……」

えー。えー。えー……。今さら?

フランコの脳裏に、気の抜けた木霊《こだま》が反響した。

「う、うん……?」

「あの、いたいけな神子に、俺は邪《よこしま》な欲望を抱いているんだ」

通じなかったと思ったのか、リーンハルトはさらに言い足して、フランコを見た。

フランコはうなずく。

「ようは、惚《ほ》れてるんだよな？」

「ああ、そうだ。あきれたか？」

なんだろう。足の下がぐにゃぐにゃするような、この感じ。無自覚、だと？　今まで、神子を崇め、神子のために身を削り、神子のために己の立場を危うくし、国さえも賭けたこの行動を、まるっきり、自覚していなかっただと？　これを、口にしていいのかどうか。悩んだのだが、言わずにはいられなかった。

「知ってたよ」

「ふっ」と、リーンハルトは笑った。

「そうか。知っていたんだな。こんな、醜い私をののしってくれていいんだぞ？　フランコ」

「ちょっと待った！」

フランコはリーンハルトを止めた。

「肝心の神子はなんて言っているんだよ。向こうだって、おまえのことを憎からず思っているんじゃないのか？」

そう言うと、今度はリーンハルトは少年のように顔を赤らめたのだ。

「もしかして、もう、好きだって言われたとか」

「う……」

「そのときに、手を出したとか？」

「俺は……——だめな男だ……——」

あー、どうしよー。どんな美姫にもなびかなかったこの男が、大まじめに悩んでいる。笑ってはいけない。笑ってはいけないのだけれど、口の端が痙攣《けいれん》し始めている。腹の筋肉もピクピクと動いている。腹筋をもっと鍛えておけばよかったとフランコは後悔した。

「ふ、ふつーだろ？」

「普通とは？」

いや、だってさ。

「惚れた相手に勃《た》つのは、男の道理ってもんだろ。落ち込むことはないだろうが。欲しいとそこまで思うのに、おまえは相手に譲ることができるのか」

「今日、セラフィナ様とごいっしょしているあの方を見かけた。……とても、楽しそうで。お似合いだった」

「ふ、ふーん」

「お似合いであることが、苦しくてたまらなかった」

「いったい、なにがおまえをそこまでこじらせているんだよ」

「あの方はまだ幼い。最初に出会ったのが、私だったから。以前いたところの『えすえすあーる』とやらに似ていたから。私を信頼してくださっていたから。だから、好ましく思っていると錯覚しているのではないか」

「いいじゃん、それでも」

「あの方の、誤解を利用して自分の欲望を遂げるなんて……――卑怯《ひきょう》だろう」

美しく、正しい騎士団長、輝くリーンハルト。それがあだになっているのか。

「そういうもんだろう、恋愛っていうのは。不条理なもんでしょう」

「ここに、泊まってもいいか？」

「いやに決まっているだろ。俺のベッドはおまえのと違って、狭いんだ。どうしてもって言うなら、俺がおまえのベッドを使う」

「だめだ！」

即答が返ってきた。

「俺の寝室は神子の寝室と繋がっているんだぞ。とんでもない」

「じゃあ、ほら、帰れよ。明日の朝の訓練にはシャンとしろよ。カーテルモント聖王国騎士団長の名が泣くぞ」

リーンハルトはふらりと立ち上がると、存外にしっかりした足取りで扉に向かう。

「リーンハルト」

彼は振り返る。

「神子の羅針晶、持ってるか」

「ああ、ここに」

そう言うと、彼は胸元から大切そうに、羅針晶を取り出した。

「羅針晶ってのは、相手の血の温かさを常に感じているってことだ。前の世界で似ているからってぐらいじゃ、身につけていられない」

いぶかしげに、リーンハルトはフランコを見る。

「こういうことはさ、互いにちゃんと相手を見てものを言うべきだと思うんだ。それに、俺は、あの神子さんは案外としっかりしたところもあると思ってる。少なくとも、おまえの言うように、守られたいだけの子どもじゃないよ。神子がなにを望んでいるのか、話し合えよな？」

「…………」

返事は、なかった。

リーンハルトが出て行ったあと、フランコは顎に手をやると目を細めて口元を歪めた。そうすると、垂れた目の優男《やさおとこ》が一瞬、酷薄な顔になる。

「マローネ公爵……まったく、よけいなことを。このまえは、騎士団長を退かせ、政事《まつりごと》から遠ざけただけで、許してやったというのに」

まだまだ、こちらに手札はある。ただ、いつ、切るか。情報戦では、それが肝要なのだ。

「この王城から、出て行ってもらうしかないかなあ」

のんびりと、フランコはそう言った。

■28　ダニロの訪問

「う……」

ダニロは、胸を押さえた。目の前には救世の神子ことアキがいる。

「おまえ、そんな。答えづらいことを……」

ここは彼の部屋のバルコニーである。


その日、ダニロは「今日は部屋にいるんだけど、お昼ごはんでもいっしょにどう？」とアキに誘われた。最初は「いやいやいや。とんでもないっす。俺は一介の薬師だし」と断ったのだが、使いの者に「神子は、最近ずっとお一人で、ものも言わずに食事をされておいでです。たまの休日くらい、ご友人と会食したいという願いをかなえてはいただけますまいか」と言われたので「行きます」以外の返答をすることができなくなった。

「神子アキレウス殿。騎士団寮所属薬師ダニロ、お召しにより参上しました」

部屋に入ったときに、そう言って膝を折り頭を下げると、アキはげんなりした顔をした。

「もう、そういうのやめてよ。ダニロくらい、気さくに話してよ。それに、その名前も、苦手なんだよね。『アキ』だと、なんか救世の神子っぽくないって勝手に長い名前つけられて、正直困ってるんだよ」

アキがまったく変わっていないことに、ダニロは安心する。

バルコニーの日よけ布の下に、昼食が用意されていた。真ん中に冷肉や海老《えび》やハーブが盛られ、薄い丸いパンに切り込みが入ってバターが塗られている。自分で勝手に好きな具を挟んで食すというスタイルだ。

「へえ、こういうことするんだ」

「うん。めったに外に出られないから、ここでこうして食べるのが楽しいんだよね」

なるほど。こいつは恐ろしいほどの方向音痴だ。この部屋から出たら、帰ってこられるか、あやしいくらいだ。

「今日の冷たい丸芋のスープは、ぼくたちが作ったピーラーで剝いたんだって」

「ほほう」

「あのピーラー、使いやすいって、ジェンマさんたち厨房の人たちが褒めてたよ」

「それは嬉しいな。なあ、アキ」

「うん？」

「気になっていたんだけど。おまえの足下にあるそれはなんなんだ？」

彼の足下には銀のバケツがあり、中には何本ものニンジンがあった。

「あ、これ？」

答えは、すぐにもたらされた。ざばーっと日がいきなり翳《かげ》ったかと思うと柔らかな風が巻き起こったのだ。

「ファランだーっ！」

ファランが聖殿から降下してきたのだ。こんな近くでファランを見たのは、生まれて初めてだった。アキはまったく臆することなく、ニンジンを手にすると、手を伸ばしてファランの口にくわえさせてやっている。ぱりぱりとかみ砕く音がする。

満足したのだろう。ファランはくるりと身を翻し、また空へと泳ぎだしていった。

「なんか、ニンジンの味を覚えちゃったらしくて。ごめんね。びっくりさせたね」

さらっと言ってるけど、こいつはやっぱり「選ばれし救世の神子」なんだなあって改めてダニロは思った。

食後の茶を飲んでいると、神子が人払いをした。

アキは、おおまじめな顔をして、聞いてきた。

「ぼくって、どう見える？　可愛いとか、魅力的とか、少しぐらいは、ある？」

そして、冒頭に戻るのである。

「う……」

ダニロは、胸を押さえた。

「おまえ、そんな。答えづらいことを……」

というのも、ダニロはこの部屋に入ってくる前に、リーンハルトに肩を摑まれたのだ。リーンハルトは微笑んでいたが、決して芯からの笑いではなかった。むしろ、――そういうものがあるのならだが――恫喝《どうかつ》の笑みに近かった。

混沌の泉が再生され、ファランの鳴いたあの夜、リーンハルトは大活躍だったそうだが、その疲れが癒えないのか、今でも顔色は冴《さ》えないし、頰が若干そげている。

なんか、迫力があって恐い。

それに応じたように、ダニロの笑いもこわばる。

「リーンハルト様、いかがいたしました？」

「これから、神子殿のところに参られるのですよね」

「は、はい。昼食をともにさせていただきます」

「そうですか。神子殿はこちらにご友人がおられず、お寂しい身の上。よき友人となっていただけたら、私も嬉しく存じます」

「はい、そりゃもう」

「とはいえ」

リーンハルトの笑顔に凄みが加わる。ぐぐっと顔を近づけられた。

「神子殿とあまりに近しくなられては、困ります。わかりますね」

「わかります、わかります」

あれは、嫉妬《しっと》の目だったなあ。


ここで、「可愛くない」と言ったらアキを傷つけそうだし、「可愛い」と言ったらリーンハルトに殺されそうだ。

いったい、なんと答えるのが正解なのか。さんざん考えた末に、ダニロは正直になることにした。

「俺には、まあまあ、普通よりは可愛いくらいの容貌《ようぼう》だと思えるけど、リーンハルト様にとっては、このうえなく愛らしく見えるんじゃないのか」

え、なに？　アキは、愁いのこもった微笑を宿らせた。どうした？

「そうだったら、よかったんだけど」

彼は、ダニロのほうを見て、とんでもないことを言った。

「ぼく、ふられたみたいなんだよね」

「なんで？」

反射的に出てしまった。

嘘。ぜったいに嘘。じゃ、さっきのあの、嫉妬に満ちた視線はなんだったんだ。思えば、リーンハルトは、自分が部屋に呼ばれていたのを知っていて、待ち構えていたのだ。

「正直、ぼくもなんだ。リーンハルトは了解してくれると思い込んでてさ。図々しいよね。しょうがないのかな。ぼく、おじさんだしね」

するっと聞き逃しそうになったのだが、今、なんか、引っかからなかったか？　おじさん？

「待て。アキ。なんだって？」

「リーンハルトが了解してくれると思い込んでて……」

「そうじゃなくて。そのあと」

「おじさんだから？」

そう。そこだ。

「おまえ、おじさんじゃないだろ？」

へらっとアキは笑った。うちの二番目の妹とさして変わらない、まあ、セラフィナ様よりは上くらいだと思っていたが。そういえば、こいつの年齢を聞いたことはなかった。本人も、「神子の禁忌」にふれるせいだろう、その手の話題は口にしなかったし。

「おじさんだよ。ぼく、三十二だし」

衝撃が走った。

「リーンハルト様に、自分の年齢を言った？」

「言ってないよ？」

「それは、言ったほうがいいんじゃないかな」

「でも、神子の禁忌が……」

そう言いかけたアキだったが、うなずいた。

「そっか。そうだよね。見た目若いと思っていても、ほんとはおっさんだなんて、黙ってたら、だめだよね」

うんうんとうなずいている。

そうじゃない。そうじゃないんだけど。まあ、そうでもいいや。おそらくは、リーンハルト様が引っかかっているのはそこだろうから。

「そうだぞ。おまえが隠しごとをしているから、向こうもほんとのことを言ってくれないんだぞ。言わないとだめだ。ぜったいに」

ダニロは念を押した。

■29　リーンハルトの訪問

「失礼いたします。神子殿。騎士団長リーンハルト、お召しに従い、参上いたしました」

リーンハルトはそう言って礼をする。

侍女が払われ、二人きりになった。執務室で、アキはリーンハルトを見つめてくる。

羅針晶があたたかく、リーンハルトの胸で脈打っている。彼の胸元でも、そうであろうか。

あの、泉が再生した夜のことを覚えている。あの夜は、同時に自分が彼への恋慕を自覚した日でもあり、深い後悔を伴う夜でもあった。疲れ果てていた。なんの、言い訳にもなりはしないが。とても、疲れていた。

そして、アキはリーンハルトを甘やかしてきた。

好きだと言われた。突き上げるほどの高揚感。

まだ、年端《とし は》もいかない彼に、あんなことを。背徳はこんなにも甘いのか。今思い出しただけで、この身体の血を熱くするのだ。最後までしなかったことだけは、褒めてやりたい。

目の前の神子は、いつものようにシャツと赤いチュニックをまとっている。赤は子ども服の色なので、よけいに彼を幼く見せている。

「リーンハルト。リーンハルトは……ぼくのことを、好きではないんですよね？」

そう言われて、そうじゃないと叫びたいのをこらえて、ただ、沈黙だけを返す。

「リーンハルトは、そうやってごまかすんですね……」

「申し訳ありません」

それ以外に、この自分に、なにができるというのだろうか。嘘を口にはできない。真実はなおさらだ。

「でも、ぼくも、リーンハルトに隠していたことがあるんです。ごめんなさい」

彼は謝った。リーンハルトの口元が緩む。どのような謝罪でも受け入れるつもりだった。

「ほんとのことを言ってもらえないのは、隠しごとをしているからって、ダニロに言われたんです」

あの騎士団寮付き薬師と神子が親しくしているのは知っていたが、ふれることがかなわず煩悶している相手からほかの男の名前を聞くことが、これほど腹立たしいとは、ついぞ思わなかった。

もしやと思い至り、ぎゅっと手を握り込んだ。

ダニロはもともと地方の村の出で、その卓越した商才と薬草知識で若くして大通りに店を構えた。世事にも通じているだろう。あの男なら、リーンハルトの邪恋をわかってしまうかもしれない。

リーンハルトには、自分が神子にとって唯一と言っていい、味方であったことを理解していた。その立場を悪用したとは思っていないが、あの、混沌の泉を再生させたのちの狼藉《ろうぜき》は、どこか神子はいやがるまいと高をくくっていたかもしれない。

――俺は、神子の弱みにつけ込んだのではないか。

神子に、「あのときはいやだった」と言われたら。そうしたら、自分はもう、王城にはいられない。それどころか、カーテルモント聖王国で神々の加護を受けることさえ、かなわない。あの辺境の山嶺《さんれい》を越えて野人になるしかない。

「あのですね。……ぼく、三十二歳なんです」

「……」

言われたのは、思いのほかのことで。

自分への拒絶ではないことに、つかのま安堵して、情報が刻まれるのが遅れた。

しばらくしてから、理解がやってきた。

「……なんて？」

そのときの自分は、さぞかし間抜けな顔をしていたことだろう。

えへへとアキは、照れたように笑った。

「ですよね。こっちに来たときに、なんだか身体が小さくなってしまって驚いたんですけど。ぼくの年齢は三十二歳で、だから、立派なおとな……――っていうか、おっさんなんですよ」

リーンハルトはあっけにとられた。

そうか。そうだったのか。

腑《ふ》に落ちるところが多々ある。

そうか。彼は、いたいけな子どもではない。きちんと成人した男性なのだ。その彼が、自分のことが好きだとその心と身体を投げ出してくれたのだ。

リーンハルトは、笑い出した。

「リーンハルト？」

神子がおろおろしている。

「リーンハルト！」

笑えて、笑えて、しかたなかった。冷笑でも嘲笑《ちょうしょう》でもなく、声をあげて、たまらずに、笑い続けていた。涙さえにじんできた。

「リ、リーンハルト……？」

アキが、心配そうにこちらを見ている。おかしくなってしまったかと憂慮しているようだった。

違う。ようやく、正気になったのだ。

そうだったのか。ならば、隠す必要はみじんもない。なにひとつ心に憂うことはない。リーンハルトは告げた。

「あの夜の返事を、今こそいたしましょう。私もあなたを愛しています。このうえなく。アキ。私の神子」

「へ？」

「私は、あなたが、庇護すべき子どもなのに、愛してしまったと。そう、憂慮していたのです」

「あ、愛……？　愛って言いました？」

そうだ。いつだって、アキは自分よりも細く小さくはあったのに、完遂を見据えて協力を仰ぎ、必死になっていた。あれは、子どもではできないことだ。

「けれど、違うのですね。あなたはおとななのですね」

「そうですよ。ぼくの気持ちはちゃんと、おとなの、自由意志です。生まれて初めてこんなに人を好きになったのに、断られるならとにかく、認めてもらえないのは、納得いきません」

アキはリーンハルトの手を取ると、チュニックの胸に押し当てた。

「ほら、こんなにどきどきしてます」

なんと大胆な。アキもそれに気がついたのだろう、顔を赤くしている。リーンハルトは指をわずかに動かしてやった。チュニックごしにも、胸の鼓動と身体の熱さが伝わってくる。

「は……」

神子は、艶《つや》を含んだ吐息を漏らした。

リーンハルトは彼の手を取り、引き寄せ、身を屈《かが》めた。アキは目を閉じて、きゅっと唇を結ぶ。

「私の神子」

リーンハルトは、彼に口づけた。

「アキ」

角度を変えながら、なんども。

それから、彼にささやいた。髪が好きだとか、目の色が初夏の森の色だとか、あなたは花の香りがするとか。

堰《せき》を切ったみたいに、言葉が口を突いて出た。止まらない。

「あの、あの。もう、いっぱいいっぱいです。腰が、砕けそうです」

そんな可愛いことを言われたので、また、ついばむようなキスをする。

「私は、あなたに伝えていないことが、山ほどあるのですよ」

抱きしめて、耳元で宣言した。

「アキ。今夜、寝室の鍵をあけておいてもらってもよろしいですか。鐘が九つ鳴る時刻、あなたの寝室に忍んでいきます」

「あけてます。ずっと、あけてます。ぼくのほうは」

ほんのちょっと、むくれたような彼の返答に、口元がだらしなく緩んでしまう。

「お待たせして、申し訳ありませんでした。アキ」

そう返答するのが、リーンハルトには精一杯だった。

■30　アキの寝室

それからのアキは、大忙しだった。

——忍んでいくって、言ってた。それって、そういうことだよね？　リーンハルトだって、おとなだもんね。そういうことだよね？

今、ここにスマホがあれば。あんなことやこんなことを検索できるのに。

そう、どれだけ思ったことだろう。だが、ないものはどうしたってないのだから、自身の乏しい記憶とさらに貧しい想像力に頼るしかないのだ。

まずは、身体を念入りによーく洗った。

「きれいになったかな。きれいにしないとね。だって、リーンハルトがさわったり、なめたりするかもしれないし」

そうつぶやいたところで、バスタブに沈没しそうになった。

「さわったり……なめたり……」

ぶくぶくと顔の半分までを湯面にうめつつ、自分の放った言葉に悶絶する。

でも、そうだよね？　愛の行為が前世もここもそんなには変わらないとしたら、そうなるよね？

それから、バタバタと移動して、バスルームから予備の乾いたバスタオルとかフェイスタオルを持ち出して、寝室まで運んだ。

夕食が喉を通るわけもない。

そして、夕どき九つの鐘、すなわちだいたい夜の九時には、寝室に行って、ベッドの上で正座をしていた。

「これで、おっけー？」

服装は夜着にした。白くてひらひらしていて、上等な木綿の肌ざわりだ。これでよかったのだろうか。なにも着ていないのがいいのか。正解はなんなんだ。

あせりだしているアキの耳に扉が開く音がした。

「きたあああああ！」

中に入ってきたリーンハルトは、簡素だが艶のある生地のシャツに、ゆったりとしたズボンを穿《は》いている。

——そっか。そういうかっこうでいいのか。今度は、そうしよう。

なんて、思っていたのだけれど、リーンハルトは嬉しそうに言った。

「アキ。とても、愛らしいです」

——うん、次もこれにしよう。

リーンハルトが、広いベッドに膝を突いて上がってきた。素足だった。彼はアキの両手を取ると、言った。

「私の、恋人になってくださいますか。アキ」

「はい。そうなりたいです」

「私はおそらく、一生、あなたを手放すことはできません。それでも、かまいませんか？」

アキはぐっとリーンハルトを見つめる。やや光量を落としたランプの光の中、それでも、彼は輝かんばかりに美しかった。

「望むところです」

「私の神子は、愛らしいだけでなく、じつに潔いのですね」

微笑んで、リーンハルトは手を取ったまま屈み込み、アキに唇を重ねてきた。それは、なにごとか、誓うように動くと離れる。

念のため、言い添えておく。

「あのですね。リーンハルト。この身体で、こういうことをするのは初めてなので。その。なんか、変だったら、ごめんなさい」

夜着の紐《ひも》に手をかけていたリーンハルトの手が止まった。彼は、おかしくてたまらないというように、頰を引き攣《つ》らせた。ご機嫌だね。

「わかりました。それでは、じっくりと、ひとつひとつ手順を踏んで、させていただきましょう」

抱き寄せられると、リーンハルトの口元が耳に近くなる。

「神子の耳は、桜貝のようですね」

「桜貝……」

「ええ。海は、辺境の嶺《みね》の向こうにあります。けれど、神子が混沌の泉を再生したのです。いつか、海が見えるときが来ましょう。そのときには、船を出しましょうね」

——そうか。そういえば、食事に出される魚も川魚ばかりだったな。

いつか、リーンハルトと海を見たい。一つ、かなえたい夢が出てきた。

そうして、少し、油断していた。

リーンハルトに耳たぶを唇ではさまれた。

「ふっ？」

まったく痛くはなかったのだが、身体が勝手にひくついた。脳天から足の先まで、電気か魔力のように衝撃が走り、それはやがてゆっくりと腹の底へと溜まっていった。

いや。なんだ、これ。

「リーンハルト。この身体、なんか、すごくこう、響きます。思ったよりずっと、敏感みたいです」

「おいやですか？」

ああ、リーンハルトは少しだけ笑っているなと耳のくすぐったさでわかった。

「いやじゃ、ないです。でも、びっくりしちゃうから、ゆっくりお願いしたいです」

「できうる限り、アキを驚かさないようにしましょう」

リーンハルトの手が背中に回ってきた。首筋を舐められる。腰にある紐をほどかれ、そっと身体を倒された。

しばらく、リーンハルトは自身の激情を、ゆっくりの呼吸を繰り返して落ちつかせているようだった。切ない表情に胸を打たれる。

なんて、けなげなのだろう。かっこいいだけじゃなく、とても優しい。その激情をぶつけられたら、体格の差でアキは押さえ込まれてしまうだろうし、あっというまに力尽きてしまうだろう。

アキはリーンハルトを、ぎゅうと抱きしめた。

「神子」

強く抱きしめていた、その手をそっとほどかれた。

両手をあけさせられる。

そうすると、自分のはだけた前が見えてしまう。アキの胸とか、おへそとか、下半身のまだ淡い茂みとか、それに付随する性器まで見えてしまっている。

自分の乳首は色が薄くてちっちゃい。その自覚はあった。そこをのしかかってきたリーンハルトに口をつけられた。

「あ、あ、あ……そこ、ダメ。ダメだってば」

そう言ったものの、リーンハルトは聞く耳を持たない。リーンハルトの口のなかで、育っていく。膨らんで、扱いやすくなっている。舌先でころがされ、くっと吸われた。

「あ、あ、あーっ！」

短く絶頂がおとずれ、力が抜けてしまった。さらに、リーンハルトの舌先でつつかれ、ぴくぴくと腰が動いた。

「リーンハルト……」

ずくずくするくらいに、不平を訴えているもう片方の乳首を、アキは突き出した。

明らかに大きさが違っている。可愛がられ方が違っている。意図を察したリーンハルトは、もう片方に身を屈め、さらには今育てたほうを指先でなぞってくれた。

そうして、たっぷりと胸のとがりが膨らみきったあと、リーンハルトの舌は、胸の真ん中から臍《へそ》のほうへとおりていった。

さきほど責められたせいで、張りつめきっている性器の先端に口づけられる。びくっと背筋が震える。ゆっくりと、緩慢に自分のペニスが、よりいっそうはりつめて、リーンハルトの口の中に迎え入れられていく。それは、あまりにもなだらかな上昇で、いっそ、「もっと速く、もっと強く」と口に出してしまいそうになる。

「うー」

アキは、どうしようもない快感を逃そうと、足をばたつかせた。その足を、リーンハルトの腿で押さえられてしまう。

「うう……」

苦しいほどの快楽というものがあることを、初めて知った。もう、どうなってもいいと思う。どうにでもしてくれと願う。ふっと、頭を起こして下を見た。

「うっわ！」

リーンハルトと目が合ってしまった。シャツの前をはだけたのみで口にアキの薄桃のペニスをくわえているリーンハルトは、あまりにも淫靡《いんび》で。

そんなことを、自分の騎士にさせているんだと思ったらよけいに高まってしまって、アキは一気に達してしまった。リーンハルトが驚いたように口を離す。ごっくんと喉仏が動いた。それでも飲み込み損ねた唇の残滓《ざんし》を、彼の舌先が舐めとった。

「わーっ、わーっ！」

飲まれてしまった。彼に。彼のおなかの中には、自分が出したものがあるのだ。それが、なんともいたたまれない気持ちにさせる。

「すみません。気をやるつもりではなかったのですが」

そう言って、彼が上にずり上がってきた。服を脱ぎながら、困ったような顔をしている。

うん、早かったよね。

「ごめんなさい。あんまりよすぎて……がまん、できなくて……」

そう言いながら、慌てて手近のタオルをさしだした。白いタオルで口元をぬぐうと、彼はアキの顔を覗き込み、そして、口づけてきた。唇を舐められ、顎を舌先でくすぐられる。

「達してしまうと、これからのことに、おつらいだろうと思ったのです」

ごくりとつばを飲み込んだ。これからのこと。するんだね。するんだね。これまで、するって想像してさえいなかったことを、これからするんだ。

わー！

服を脱いだリーンハルトが身体を合わせてきた。

「アキが、おとなでよかったです」

しみじみと、彼は言った。

「私が無体をするのは、おわかりですよね」

——あ、ああ。

だよね。自分の身体は元々は男の人を受け入れるようにはできてないもんね。

「わかってますよ。そうして欲しいんですよ」

「私の神子は、果敢ですね」

リーンハルトが身を重ねてきた。互いのものがこすれあった。

——すごい。リーンハルトの、硬くなっている。

アキのペニスの先端は、リーンハルトのそれと段のところがこすれあった。腰が奥からじんじんしてきた。解放を願って、身体を揺する。

「神子。もう少し、腰をあげられますか。そう。お上手です」

リーンハルトがみじろぎする。なんだか、南国のおいしい果物みたいな、いい匂いがしてきた。

「なんですか、それ？」

「香油です」

「あ、ああ」

そっか。男同士、だから。濡れない、から。

ほんの少し浮かせた腰に、リーンハルトの指が添えられる。リーンハルトの手。この世界についたときに、最初に差し出してくれた。抱き上げてくれた。サンドイッチを作ってくれ、かばってくれ、連れ出してくれ、戦ってくれた。この手。

ぬるつく温かいあの指が、自分の中に入ってくる。内部を探っている。それだけで、自分は歓喜している。指は、ていねいに、じりじりと進んでくる。一点、おなか側に、ふれられると鋭い違和感を覚える場所があった。

「あ、そこは……」

さわらないでと言おうとしたのに、スイッチを押されたみたいに、身体が跳ねた。

「ああーっ！」

リーンハルトはさらにそこを責め立ててきた。

「リーンハルトぉー」

快感に耐えられなくなってしまう。おかしくなってしまう。性器に集まる快感ではなく全身の細胞に、くる。

「ここが、よろしいのですね」

アキが達する直前に、リーンハルトはそこから指を外した。よりいっそう奥まで指を差し入れていった。

「ん、ん……っ！」

「もっと足をあげて。……そう、お上手ですよ」

お尻の下に枕を入れられる。腰を高くして、身体を柔らかくたわめられる。

「ふ、ふう」

リーンハルトの指が自分の身体の深くを揺すっている。これからこうして、あなたを内側から愛撫《あいぶ》しますよと語っている。

「ふ……は……」

指が引き抜かれた。リーンハルトのペニスの先端があてがわれた。彼が、身体を揺らして入りたいのだと伝えてくる。何度も軽くつつかれて、ようやく覚悟を決めたアキの身体はその先端を飲み込む。

「うう……」

彼は、そのままそこでしばらくじっとしていた。それから、そっと身体を進めてきた。なじませては、進ませ、なじませては、進ませていく。

己の欲望を制御して、じっくりとこの身体を攻略しにかかっている。

先端が、あの箇所、よくてたまらないあの場所にさしかかった。さきほどの指先でさえ、あれほどの快感を与えたところだ。そこを、指とは違う形、太くてたくましいそれでこすられ、さらに押し上げられた。

目の前に星が散った。いきなり、中空に投げ出されるような、絶頂だった。

「あ、あ……?」

よすぎて、よすぎて、よすぎて、いい。リーンハルトの首にしがみついて、ただ、ただ、あえぐ。

「そこ……そこのところ……！」

内部を掻き回され、その弱い場所一点を集中して突き上げられて、ちりちりと頂点が満身に伝搬していく。

リーンハルトに両足の腿を持たれる。大きく開かされる。深く、うがたれる。

「あああああっ！」

リーンハルトの汗がしたたり、自分のそれとまじわった。

もっと奥まで来て欲しいのに。そこまで耐えられそうにない。こらえ性がない。

「溶けちゃう、溶けてなくなっちゃう……！」

本気で、そう思った。溶けてしまう。あなたと私の境目が、なくなってしまう。恐いくらいの快感を、アキは味わっていた。

ぐっと、リーンハルトが、その全身で自分を抱きしめてきた。傷跡があるのがおぼろにわかる。その傷跡、彼の歴史、それごと、抱きしめられている。その中でさらなる絶頂に至ろうとしている。

「あ、ああ……」

掠れた声が出た。こんな声が出せたのかと自分でも思う切なさのこもった響きだった。

時間が止まったみたいだ。この身体に、リーンハルトのそれが熱く注がれる。腰から、全身に喜びが駆け巡り、己の形が失われるのではないかと思った。

腹から、全身に。足下から、指先まで、満ちてくるみたいに、喜悦が流れて広がっていく。

荒い息を整えたリーンハルトが、なんだか不思議そうな表情でこの頬にふれた。尊いものにするみたいに。

アキは言った。

「ちゃんと、できましたね!」

リーンハルトを絶頂に導けたこの身体が好きになる。誇らしさでいっぱいになる。

「ええ、とても……すてきで……最高、でした」

なんだか泣きそうなリーンハルトに、そう言ってもらえて、嬉しくなる。

リーンハルトに温かい湯で身体をぬぐわれた。立てなくなってしまったので、抱き上げられて隣にあるリーンハルトの寝室に運ばれた。そこでは、リノ様がベッド上に寝ていた。「わ

ー、リノ様ー」と腹ばいになって、人差し指で撫でる。リノ様は身体を震わせて、また眠ってしまった。やってきたリーンハルトは、リノをそっと、床にある寝床に戻してやった。

リーンハルトは夜着を纏っていた。そして、アキにはすべすべの、最初にこちらに来たときに被《かぶ》せられていたような布でできた夜着を着せてくれた。

寝室は、ちょうど心地よい温度になっている。あけた高窓から、涼しい風が入ってくる。足を絡ませながら、寝入ろうとして「あ、隣……」と気がついた。自分の寝室が、ひどいことになっているだろう。

「あちらは、侍女たちが整えてくれています」

「え、えーっ！」

そんなん、恥ずかしすぎる。

「侍女たちは喜んでおりました」

なぜ？　どうして？

「こちらで、愛しい者と結ばれた神子は、もう、帰らずの病にはかからないからです」

「へ……」

そっか。帰らずの病って、もしかして、『ホームシック』なんだ……。そっか……。

「おやすみなさい、アキ」

「おやすみなさい、リーンハルト」

互いに笑み交わして、眠りにつく、幸せ。

——ああ、神様。ここに連れてきてくれて、リーンハルトと会わせてくれてありがとう。

思わず、そう心で礼を言ったアキであった。

■31　神様の祝福

夢の中、アキはあの狭間にいた。

「すてきなお礼をありがとう。ナイス祈りだったよ！」

ぱんぱかぱーんと盛大な音がして、色とりどりの糸と紙吹雪《ふぶき》が散る。

そこでは、あの、聖ガヴィーノ様が踊っていた。

「これは、いったい？」

「神様の祝福だよー。なんか、手違いがあって、いろいろと、たいへんだったみたいだね。めんご、めんご」

そう言って、ウインクする。

「軽いっ！」

「がんばったから、おまけにごほうびをつけてあげるね。なにかな、なにかな！　お楽しみにー！」

■32　翌朝　リーンハルトの寝室

アキは目を覚ますと、「変な夢だった……」と独り言を言った。

高窓から、朝の光が射《さ》し込んでいる。

まだ、リーンハルトは眠っていた。リーンハルトの顔を見て、アキは感動する。

「はー。寝顔まで、美形ー」

もう、どうしてこんなに顔がいいかな。ハンサムなのかな。声もよくて、優しくて、強くて、正しくて、かっこいい。

もう、ぼくの騎士はSSR過ぎて困るよ。直視できないよ。

でも、ちょっとは慣れたかな。

だって、あんなことも、こんなこともしてしまったしね。

ゆうべを思い出して、アキは悶絶しそうになる。その気配を察知したかのように、リーンハルトの目が開いた。青い瞳が自分を見つめる。

彼は、手を伸ばしてくる。

「おはよう、アキ」

「おはようございます、リーンハルト」

二人はじっと見つめあう。甘い恋人たちのひとときだ。

――あれ、なんだろ？

なんだか、チカチカする。ぱっと、ウィンドウが開いた。術法ウィンドウに似ていたが、違う。

「は？」

これは、まさか。

ステータスがあらわれた。

『リーンハルト。職業・騎士団長。得意武器・剣（バルリスク）。片手剣。短剣。ほか・神子アキにぞっこん。神子に魅了されている。めろめろ。（以下、続く）』

「わ、わ？」

「アキ？」

彼の心の声が、モノローグとなって、綴《つづ》られる。

『アキ。昨日は、むりをさせてしまったが、それにしても尊い。可愛らしい顔が、目をあけて一番に見られる幸福。アキと呼べばすぐにあの緑の瞳が……』

目を閉じても、まだチカチカしている。

ステータスが、モノローグが、激甘だ。そして、圧が、すごい。

そうっと、目をあけると、微笑まれた。

『今朝も、なんと愛らしい。毎日、愛しさを更新していくな、私の神子は……』

すごい。すごすぎる。

アキは、顔を覆った。そうしていてもなお、リーンハルトのステータスは自分を圧倒してくるようだ。

「どうしました？　どこか、具合でも？」

「あの、じつは。神様の祝福を受けて、ステータスが見えるようになっていて」

アキは、ステータスの説明をした。いやがるだろうと思ったのに、逆だった。

「そうなのですね。ならば、存分に見てください。あなたへの愛を見せられるのなら、なによりです」

そう言うと、リーンハルトは、アキの手を取ってキスをした。

うひー！

■エピローグは城のバルコニーで
夏の中月《なかづき》の十日。

今日は、混沌の泉の修復がなされた、記念式典の日であった。

カーテルモント聖王国は、本格的な夏を迎えようとしていた。

かつて、百年の間、カーテルモント聖王国は小さくなっていった。

目が覚めるたびに、山が迫り、この豊かな地が辺境に飲み込まれていく終わりの日に怯えていた。

だが、それは終わった。

自分たちの曽祖父の時代にそうであったように、日々、大地はより豊かになり、恵みを与えてくれ、子どもたちは多く生まれ、領土は広がっていく。

朝、人々は希望とともに目覚め、今日が昨日より素晴らしいことを確信する。

そして、神に祈るのだ。

ありがとうございます、と。

ファランもまた、この良き日に歓喜しているかのごとく、餌場としている西の草地から、全頭、三十あまりが王城の聖殿へと集まっていた。


神子の控え室で、そわそわしているのは、ダニロである。

「俺まで報償をもらっちゃっていいのかな」

ダニロは落ち着かない。アキは請け合った。

「いいに決まってるよ。ぼくが術法を理解できるようになったのは、ダニロのおかげだよ。

だから、堂々と胸を張っていればいいよ」

　彼は、肩を落とす。

「俺、セラフィナ様が術法が見えたの、見抜けなかったんだよな。あの人のこと、尊敬さえしていたし、泉に心を砕いていて、ほんとにたいへんだなあとしか思ってなかった。まさか、あの人が見えているのを隠してたなんて」

「ある人にとっては、できないのを吐露することは、世界の破滅よりもつらいことなんだよ」

　アキは、応じる。

　そう言いながら、アキは前の世界で出会った辻という部下のことを考えていた。彼が、退社してから、かなり経つ。

　今は、元気で暮らしてくれていて、世の中が百とゼロだけではないことをわかってくれていればいいと思う。

「おい、前の世界のことをあんまり考えるなよ？」

　ダニロが心配そうに言っていた。

「あのときみたいなのは、もうごめんだからな」

「大丈夫だよ」

　ダニロが、つぶやく。

「なんか、変わったなあ」

「そう？」

「落ちついたよな。リーンハルト様のおかげかなあ」

そう言われて、アキは頬を染めた。


そのころ。

騎士団長の控え室では、フランコがリーンハルトに話しかけていた。

「相手に自分のステータスとやらが見えてしまうなんて、いやじゃないのか」

幸い、ステータスを見るためにはかなり視線を合わせないといけないので、のべつまくなしではないらしい。それにしても、おそろしいことだ。

「いろいろあるだろう。こう、不都合なことが」

だが、リーンハルトはきっぱりと言い切った。

「どうしてだ？　この愛の深さを言葉にすることは難しいが、そのステータスとやらを見れば一目瞭然《いちもくりょうぜん》だ。むしろ、うれしいだろう」

すごいよな。こういうところが、かなわないよな。

「おまえら。似合いだよ」

そう言うと、リーンハルトはにこっと笑った。

アキとリーンハルトは、同時に控え室から出た。中央の間《ま》で、互いに相まみえる。

アキは絹のシャツに短めのズボンに長いブーツ。それに、手の込んだ総刺繍《ししゅう》の赤い神子の衣装を着ていた。背にはファランが縫い取りされているのだが、目には宝石が縫い込まれ、光によく反射する。

「これは。なんと愛らしい」

そう言ったリーンハルトは盛装である鎧にマント姿。背には聖剣バルリスクを背負っている。アキは応じた。

「リーンハルトも盛装が、その、ウルトラレアです。最高です。かっこいいです」

足下をリノがちょこちょこと走った。それをアキが抱き上げると、肩によじ登った。

騎士リーンハルトが手を差し出してくる。

「参りましょう、神子。国王陛下とカーテルモント聖王国の国民は、今日の日を待ちわびていたのですよ」

アキはその手をとる。

「はい！」

バルコニーに出る。

わあっと、王城広場に詰めかけた群衆の声が、この王宮のバルコニーまで届いた。

アキは、眼下の人々に手を振った。

目をチェラーノの町に向ければ、リーンハルトと訪れた聖ガヴィーノ寺院の丸屋根が見える。

チェラーノからは二人、馬で駆けた街道が延びている。

蛍を見た森がその向こうにある。

大地は豊かに。実りのときを待つ。

頭上にある混沌の泉ありし聖殿では、ファランたちが悠然と飛んでいる。

青空に花火。

ここは、カーテルモント聖王国。

ぼくがこれから、リーンハルトと生きていく国。

あとがき

カーテルモント聖王国にようこそ！

ナツ之えだまめです。


皆様、ゲームはお好きですか。私はハマるときにはハマります。

スマホの配信ゲームは、時間が自由になりそうでならない職業ゆえに、フリーダムなチームにお世話になっております。

据え置きでは、某勇者サマにどっぷりで、最高にかっこいいバイクを取得するまで、がんばりました。

それから、某勇者コンビが活躍する手強いシミュレーションに再びハマり、以前はできなかった「どこでもセーブ」が可能なのをいいことに、好きなだけ闘技場に通っています。

あの、あの。仕事してますよ？


さて。

今回は「異世界転生ものでどうでしょう」と言われたときに、ステータスシーンが浮かび、受けはプログラマーにしようと決めました。

中身はおっさん、見かけは幼い……――にしたのは、完全に趣味です。合法ロリです。まじめでワーカホリックですが、案外図太いところがあるアキです。

この話の中で、いちばん最初に浮かんだのは、前述のようにステータスの圧に潰されそうになるシーンなんです。あそこに辿り着くためにぐるぐる回しました。その末に、災いの樹とクリスマスツリーがシンクロしたときには、ガッツポーズをとりました。

これだから、小説を書くことはやめられないですね。うう、楽しい！

それから、どうしたわけか、またもや生殺しタイムが入ってしまいました。必要だったのです。あの時間が。リーンハルト様には、めちゃくちゃ生殺されていただきました。

アキが「貧乏ゆすりだったんじゃ」って言い出したときには、「そんなわけないやろ！」って心の中で突っ込みを入れてました。

今回も、鈴倉先生の現実化（イラストレーション）魔法にたいへん助けていただきました。いただいたリーンハルトのキャララフには「ＳＳＲぽさ……とは……」とあったのですが、「イエス、イエース！　ナイスＳＳＲ！」と力強くうなずきました。そしてまた、表紙のアキの絶対領域の素晴らしさよ（いいですよねー）。もう、大感謝です。

そして、担当様。お力添え、ありがとうございます。へたれな私なのですが、担当様のアドバイスで確実に純度が高くなるので、がんばれるのです。

あと、リーンハルトを「細いが眼鏡」と指定して戸惑わせてすみません。正しくは「細いが頑強」です。メガネキャラじゃないです。気をつけよう、同音異字。

読んでいただいて、初めて物語は意味をなすのだと、つくづくと感じています。なによりも、読者様にお礼申し上げます。

ありがとうございます。

また、物語でお目にかかりましょう。

ナツ之えだまめ

✦初出　神子は騎士様の愛が一途で困ります……………書き下ろし

ナツ之えだまめ先生、鈴倉 温先生へのお便り、本作品に関するご意見、ご感想などは
〒151-0051 東京都渋谷区千駄ヶ谷 4-9-7
幻冬舎コミックス　ルチル文庫「神子は騎士様の愛が一途で困ります」係まで。

幻冬舎ルチル文庫

神子は騎士様の愛が一途で困ります

2023年1月20日　第1刷発行

✦著者	ナツ之えだまめ　なつの えだまめ
✦発行人	石原正康
✦発行元	株式会社 幻冬舎コミックス 〒151-0051 東京都渋谷区千駄ヶ谷 4-9-7 電話 03(5411)6431[編集]
✦発売元	株式会社 幻冬舎 〒151-0051 東京都渋谷区千駄ヶ谷 4-9-7 電話 03(5411)6222[営業] 振替 00120-8-767643
✦印刷・製本所	中央精版印刷株式会社

✦検印廃止

ISBN978-4-344-85178-8　C0193　Printed in Japan